光文社文庫

南紀殺人事件

内田康夫

光　文　社

目次

伊勢・志摩周辺略図
JR関西本線
亀山
大阪
神戸
奈良
三重県
津
伊勢湾
大阪湾
松阪
淡路島
伊勢奥津
大阪府
鳥羽
JR紀勢本線
志摩半島
加太
志摩
高野山
奈良県
和歌山
和歌山県
紀伊長島
護摩壇山
尾鷲
龍神温泉
熊野市
田辺
青岸渡寺
熊野速玉大社
熊野灘
白浜
新宮
熊野那智
大社
紀伊勝浦
南紀白浜空港
串本
潮岬

太地町周辺略図
湯川駅
熊野灘
太地くじら浜公園
42
鷲ノ巣崎
捕鯨船資料館
くじらの博物館
森浦湾
浅間山園地
熱帯植物園
JR紀勢本線
燈明崎
240
古式捕鯨の山見台
森浦
太地湾
太地駅
太地港
太地町
239
くじら
供養碑
下里駅
梶取崎
那智勝浦町
継子投

南紀殺人事件

還らざる柩《ひつぎ》

1

松岡《まつおか》が憂鬱な顔をして「相談がある」と訪ねてきたとき、和泉《いずみ》はてっきり、若くて美しい夫人のことかと思ったのだった。

庭の桜のつぼみがまだ固い、三月なかばのことである。大学は春休みの最中で、和泉は出版社から依頼された原稿の執筆にとりかかっていた。「法律は宗教界にどこまで干渉できるか」というテーマで、辛口の評論を期待しているというのである。受けた時点ではやる気充分だったけれど、やってみると、しだいに、気の重い仕事になりそうな予感が募ってきた。

「奥さん、元気か?」

松岡を応接室に通しながら、和泉は機先を制するように訊《き》いた。この上さらに重苦しい話になってはかなわない——という気がはたらいた。

「ああ、まあまあだ」

松岡は浮かない顔である。その顔を眺めていると、やはりあの噂《うわさ》は本当なのかと思えてくる。

松岡は最初の妻に死なれてから十年近く、やもめ暮らしをしていたのだが、半年ばかり前、二回りも若い妻をもらった。相当な美人で、松岡が惚《ほ》れるのは仕方がないと納得できる相手だったが、それにもかかわらず、口さがない連中は「財産目当てじゃないのか」などと噂した。

もっとも、そう思われても不思議はないほど、松岡は学者には珍しい資産家であった。いや、資産家の家にたまたま学者が生まれたというべきかもしれない。松岡家は江戸時代から木場《きば》で材木商を営んでいる素封家《そほうか》で、松岡はその三男坊に生まれた。本業の大学教授はそれほどの高給ではないけれど、親から分かち与えられた財産の利息だけでも、使いきれないくらいなものだ。現在は東京の山の手に結構な邸宅を構えている。

新しい妻を娶《めと》った当初、松岡は傍目《はため》にも羨ましい——というか、いくぶん見ている側がくすぐったくなるほど、妻を溺愛していた。ふた言めには「家内が家内が……」と口にするし、家を訪れると、大した用事もないのに「小百合《さゆり》クン、小百合クン」と若い妻の名を呼んだ。

しかし、その新妻とのあいだが冷えるのには、それほど長い期間を必要とはしなかったらしい。二カ月ばかり前に和泉が松岡家を訪ねたときには、その「小百合クン」を聞くことはなかった。それどころか、新妻はお茶を出したきり、二度と夫の客の前に姿を見せなかったのである。

和泉が「何かあったのか？」と訊くのに、松岡は「いや、べつに」とだけ答えて、不得要領な微笑を見せていた。

それからしばらくして、大学の教授仲間から「松岡夫人の不倫」の噂を聞いた。相手は同じ大学の助手だとも学生だともいうが、同僚も又聞きのことであったから、真偽のほどは分からない。もっとも、和泉のほうも、そういう噂を積極的に聞きたいとは思わなかった。たとえ真実であったとしても――いや、真実であるならなおのこと、耳を塞ぎたい性格だ。

麻子《あさこ》がお茶を運んできた。

松岡は笑顔になって挨拶した。前の妻のころは、互いに夫婦で行き来して、くだらない話に笑い転げたりしていた仲だった。

「いやあ、いつ見てもきれいだなあ」などという軽口も、ふだんと変わりない。麻子は麻子で「いやですわ、内心ではお若い奥様と比較なさっていらっしゃるのでしょう」などと、屈託のないことを言っている。

「きみの家に来ると、春風に吹かれたようにほっとする」

麻子が引っ込むと、松岡は茶をすすりながら言った。

「いい奥さんだなあ」

「ばかなことを言うなよ、いまさら」

和泉は照れて笑ったが、松岡の言葉の裏側に、彼自身の若い妻への疎《うと》ましい気持ちが籠められているのを感じないわけにいかなかった。

「それで、話って何だい？」

和泉は催促した。

「じつは、困っている」

松岡はいっそう深刻そうな顔になった。

「困っているって、何だ。金か女か？」

和泉はわざとふざけてみせたが、松岡はニコリともしない。

「学生どもが、妙なことを始めたのだ」

「妙なこと？」

「ああ、補陀落渡海《ふだらくとかい》を二百六十八年ぶりに再現しようというのだよ」

「補陀落渡海？」

「そうだ、考古学研究会が主催する、春休み中の学習だとか言っているがね、半分遊びみたいなものらしい。それはいいとしても、補陀落渡海の再現というのは、どうも趣味がよくないと思うのだがね」

松岡は気乗りのしない表情であった。

「何の話だい、その補陀落なんとかというのは？」

和泉は訊き返した。

「そうか、和泉は補陀落渡海のことを知らないのか。まったくきみは縁なき衆生《しゆじよう》だな」

松岡はようやく、片頰に笑みを浮かべた。

松岡と和泉は高校が同期で、M大学にも一緒に進んだ。卒業後もそのまま大学に残り、二人とも、相次いで教授に昇格している。

松岡のほうは中世の宗教史が専門で、法学の和泉とは学問上での接触はまったくない。そのことが、かえって二人の友情を長続きさせているのかもしれない。卒業から三十何年も経ついまでも、何かというと、おたがいに相談を持ち掛けあう同士だった。

「しかし、補陀落信仰については知っているのだろうな」

松岡は友人の顔から教授の顔に戻って言った。

「ああ、田舎の葬式で『補陀落や岸うつ波』がどうしたとかいう、お経というより、あれは御詠歌《ごえいか》っていうのかな、そういうのを聞いたことがある」

「なんだ、そんな程度の知識か」

「そうばかにした目で見るなよ。だいたい、僕は宗教は苦手なんだ。いや、むしろ宗教に対しては敵意に近いものをもっていると言ったほうがいい」

「ふーん、それは変わっているな。どういう理由だ？」

「このところ、宗教がらみの事件が頻発しているだろう。たとえば、横浜の弁護士一家が行方不明になってからすでに半年近くなるというのに、いまだにその足取りすら摑《つか》めない。そうした異常な状況は、宗教的な秘密主義の壁が捜査の手を拒んでいることも、やはり無視できない要因の一つと考えられるのじゃないか」

「そりゃ、きみ、いまの段階ではいささか独断的にすぎるぞ。その宗教が事件に関与しているという事実は、まだ確定してはいないはずだけどね」

「それはそうかもしれないが、いずれにしても、法律が宗教のいわば聖域に、どこまで踏み込むことが許されるのか、逆に宗教は法律的干渉をどこまで拒否できるのか、その限界がきわめて曖昧なのも事実だ」

「それは僕も認めるにやぶさかでない」

「そうだろう、正直なところ、われわれも含めて、政治家も法律家も、宗教の領域にはなるべく触れたくないという傾向があるのは、否定できない事実だ。票田が欲しい政治家が宗教団体をおそれるのは分かるとしても、法律家までがそうなのは怠慢といわざるを得ない。もっとも、言論機関も宗教問題には神経質というより臆病で、せいぜい新興宗教の個人的なスキャンダルをあげつらう程度のことしかやらないがね」

「ふーん……」と松岡はくすぐったそうに笑った。

「和泉は相変わらず硬いことを言う癖が直っていないな」

「当たり前だ。法律学者が軟派になってどうする」

「ははは、まあいいか。今日はきみと議論をするために来たわけじゃないのだ」

「そうだったな、補陀落の話か、ええと、補陀落というのは、そもそも何なのだ？」

「補陀落というのは、簡単に言ってしまえば、宗教的なユートピアみたいなものだ。観《かん》世音菩薩《ぜおんぼさつ》が住む霊山のことを言うと思ってもらえばいい。華厳経《けごんきょう》には『彼の山の樹花は常に光明あり、大慈悲普門示現を表する。この山は南は南印度の南辺《なんぺん》にあり云々』と書いてある」

「そんな難しいことを言われても、さっぱり分からないよ」

「それじゃ、はしょって説明する。要するに、この補陀落山信仰《ふだらくせん》はもともとはインドで起こったのだが、わが国でも九世紀ごろには、すでにその信仰が存在した記録がある。そのとき以来、紀伊熊野那智山《きいくまのなちさん》が補陀落へ向かう道の起点だとされている」

「それで、その連中がやろうとしている補陀落なんとかというのは？」

「補陀落渡海——つまり海を渡る、だな」

「南紀《なんき》の熊野那智から海を渡れば補陀落へ行けるという意味か」

「そういうことだ」

「なんだ、聞いてみれば、べつにどうということじゃないではないか」

「ところがそうではない、海を渡る渡り方に問題があるのだ」

「ふーん……泳いで渡るのか？」

「そんなんじゃない。生きながら小舟の柩《ひつぎ》に納まって、海へ乗り出すのだよ」

「……どういうことだ？」

「どういうって、いま言ったとおりのことだ。つまり、舟そのものが棺桶みたいな舟に、補陀落渡海を欣求《ごんぐ》する僧侶と、それに随行する供の者たちが乗り込む。その舟を二艘の舟が沖まで曳航《えいこう》し、二キロばかり沖にある綱切り島というところまで行くと、曳《ひ》き綱を切り、坊さんの一行が憧れの補陀落山へ無事到着することを祈りつつ別れを告げる。それだけのことだよ」

「それからどうなる？」

「それっきりさ。舟は風任せに太平洋を漂い、食い物が尽きるか、難破するか……いずれにしても、やがては海の藻屑《もくず》と消えることになる」

「坊さんたちは死んじまうのか」

「ああそうだよ。坊さんだけじゃない、供の連中も坊さんと運命を共にしたらしい。きれいな言い方をすると、入水往生《じゅすいおうじょう》という」

「ばかばかしい」

「そう言ってしまえば身もふたもないが、信仰とはそういうものだ。もっとも、いささか狂信的すぎることはたしかだがね」

「いささかどころか、まるで自殺行為そのものじゃないか。そんな愚劣な信仰が、ほんとうに行われていたとは信じがたいね」

「しかし事実は事実だよ。熊野年代記によると、八六八年十一月の慶竜《けいりゅう》上人から始まって、一七二二年の宥照《ゆうしょう》上人にいたるまで、約八百五十年のあいだに、渡海した僧二十一名、同行した者七十二名と記録されている。『吾妻鏡《あづまかがみ》』には『外カラ釘付ケニシタル渡海舟ニノセ、日月ノ光ヲ見ルコトモデキズ、三十日分ノ食物ト水ヲ積ミ』とある。この状態で那智の沖へ押し流したらしい」

「何のために、そんなくだらない真似をしたんだ？」

「くだらないはないだろう、これも信仰の究極的な表現の一つなのだから。補陀落渡海した坊さんはすべて上人様と崇められることになるのだが、渡海上人の最年少記録は善《ぜん》光《こう》上人の十八歳だったそうだ。もっとも、全部が全部、潔い坊さんとはかぎらない。中には金光坊《きんこうぼう》という老僧が、渡海舟の船板を破って逃げだして、漂着したものの、よってたかって海の中に突っ込まれて惨殺されたという話も伝わっている。そういう悲惨な例は、たまたま目撃され記録されたものだが、ほかのケースだって、最期が迫ったときの舟上の状況は想像に難くない」

「ひどい話だな」

　和泉は苦い顔をした。

「だいたい、生きようとするのは、人間の本能ではないか。それを否定するような所業が貴いわけがない。何が信仰なものか」

「まあたしかにひどい話ではある。だから一七二二年以降、ときの幕府の手によって、補陀落渡海は禁止された」

「だろうな……で、学生連中は、それを試しにやってみようというわけか」

「そうだ」

「そいつは趣味が悪いね」

　和泉はようやく松岡に同意した。

「僕もそう思ったから、やめたほうがいいと勧告したよ。しかし、連中はやめる気はないのだな。それどころか、地元の協力まで取りつけて、大いにその気になっている。地元では一種の村おこしのイベントぐらいにとらえているらしい」

「なるほど、それは客寄せにはなるかもしれない」

「おいおい感心してもらっては困る」

「しかし、やる気になっているのをやめさせることはできないだろう。多少の危険を伴うといっても、危険なんてものは何にでもつきものみたいなものだし、べつに違法行為というわけでもないしね」

「もちろん法的には問題ないだろうさ。それはまあそのとおりなのだが、しかしどうも気になってならないのだな。何か事故でも起こりはしないかとか……」

松岡は語尾を言い澱《よど》んだ。

「事故が起きるって、舟が沈没するとか、そういう危険性か？」

「それもあるが……それよりも、なんていうか、いわゆる不吉な予感とでも言うのかな。祟《たた》りでもなきゃいいがと思ってね」

松岡は「ははは」と、照れくさそうに空疎な笑い方をした。

「祟りか、ははは……」

笑ったものの、和泉も松岡の危惧《きぐ》が感染でもしたように、その時、得体の知れぬ不安を感じた。

「それでだ、もしできることなら……というより、なるべく、きみに一緒に行ってもらえないかと思って来たのだがね」

「行くって、補陀落にかい？」

「ははは、まさか……」

松岡はようやく心から笑った。

「きみに渡海上人になってくれとは言わないさ。ただ、僕一人ではなんとなく心許《こころもと》ないものでね、きみみたいな法律家がついていてくれれば、何かと心強いと思ってさ。なに、のんびり休暇旅行のつもりでいてくれていいんだ、奥さん同伴でね」

「女房同伴て、じゃあ、きみのとこも行くのか？」

「ん？　ああ、まあそうなるだろう」

松岡は急に口ごもり、「しかし、無理にとは頼めない。きみも忙しいみたいだしね」

なんだか寂しそうな顔であった。

2

松岡は結局、はっきりしたことを言わずに帰ったが、本心はぜひとも、和泉に考古学研究会のイベントに付き合ってもらいたい様子だ。しきりに「気が重い、気が重い」と愚痴めいたことを言っていた。

松岡が帰ったあとも、和泉はそのことが気にかかって仕方がない。「祟り」などと言っていたが、あれは冗談ではなかったのかもしれない——。

松岡が大学で仏教哲学を専攻したのは、彼の少年時代の体験と無関係ではないらしい。松岡の長兄は終戦間際に特攻隊で戦死した。松岡はそのときまだ十二歳だったが、ひどいショックを受けたそうだ。

「死ぬのが分かりきっている、棺桶みたいな飛行機に乗ってゆくんだよ。戦後しばらくして、兄を見送ったという戦友が訪ねて来た。そいつの話によると、兄は笑って行ったっていうんだ。ふざけるなって言いたかったね。衆人環視の中で、無様な姿を見せられるわけがないじゃないか。兄は学業なかばだったし、結婚を約束した恋人がいるのを、僕は知っていた。そういうものへの想《おも》いを断ち切って、死にに行った兄の心理を思うと、てめえは生きて帰ってきたくせに、笑って行ったなんて、呑気《のんき》なことを言っている戦友を殺してやりたかったよ」

学生のころ、松岡は和泉にそう述懐したことがあった。

「その戦友ってのは、ひどいやつで、兄の恋人のところにその報告に行ったついでみたいに、その彼女をてめえの嫁さんにしちまったんだ」

松岡の口調は、ふだんの彼に似合わず、いかにも憎々しげで、聞いている和泉のほうが遣《や》り切れなくなったものだ。

高校の卒業が近づくと、松岡はしきりに無常感というようなことを口にするようになった。輪廻《りんね》だとか因縁だとか転生だとか、この世のものでない世界へのめり込んでゆくようで、いま以上に宗教的なことに縁のなかった和泉は、そら恐ろしいものを感じた。

そのあげくの仏教哲学である。大学を出てから坊さんにならなかったのが、不思議なくらいだ。

それにしても、松岡が学生たちの「補陀落渡海」を懸念するのは、客観的に考えれば奇妙なことだ。イベントだのパフォーマンスだのがむやみに流行《はや》るのは、現代の風潮というものである。学生たちが補陀落渡海を企画したからといって、それほど重大事と考えることもないではないか。

そうは思っても、放っておけないのが和泉の性分でもあった。松岡もそれを見越して訪ねて来たフシがないではない。それに、松岡が「祟り」と言ったときに、背筋にゾクゾクッときた感覚を無視できないような気もしないではなかった。

和泉はその日の午後、書庫の棚で埃《ほこり》をかぶっていた宗教関係の書物を引っ張り出してきた。松岡にも言ったように、もともと宗教と法律の関わりについて問題意識が高まってきつつあったところだ。依頼された原稿も、法律が宗教にどこまで干渉しうるものか、その限界と可能性……といったテーマの論文になるはずであった。

居間のソファーで分厚い宗教事典を広げているとき、部屋の反対側の隅で片づけものをしていた麻子が、いきなり若やいだ声で「あらっ」と言った。

いまに始まったことではないのだが、この麻子の素っ頓狂な「あらっ」にはドキッとさせられる。何か不穏な事態が持ち上がる、これは前兆なのである。

「ねえ、ねえ、これ、ご覧になって、いやだわア、ホホホ……」

何が嬉しいのか、赤らめた頬を右手で押さえながら、左手に持った紙片をこっちに突き出した。

娘の郷子《きょうこ》が釧路に嫁いで行ったあと、麻子は家の中の整理を始めている。押入の奥に眠っていた茶箱の中から、古い書類か何かを発見したらしい。

「何だい、それ？」

「まあいいから、お読みになって」

麻子は苦しそうに笑いを抑えている。和泉は「しょうがないな」と宗教事典を閉じると、上半身をソファーからはみ出させ、精一杯に腕を伸ばして、麻子の手から紙片を受け取った。

少し変色した便箋に、ブルーブラックのペン字が綴《つづ》られている。

「なんだ、手紙かい、これは？」

「そうみたいね」

インクの色もかなり褪《あ》せて読みにくいので、和泉は老眼鏡をかけ直した。

――謹啓　秋冷の候となりました。

「下手くそな字だが、これはひょっとすると僕が書いたものじゃないかな」

「そうですよ、あなたが私にくださったお手紙」

麻子は懐かしそうに、便箋に見入った。

「ははは、そうか、それにしてもばかだな、きみへの手紙に『秋冷の候』もないだろうに。おまけに、そのあとは詩かい？……え、佐藤春夫《さとうはるお》か……」

和泉はわれながら呆《あき》れた。

今朝、図書館でいい詩を見つけました。佐藤春夫の詩です。

君が瞳はつぶらにて
君が心は知りがたし。
君をはなれて唯ひとり
月夜の海に石を投ぐ。

「なんだい、こりゃ?……」

「ラブレターでしょう、自分で書いたのに、お忘れになったの?」

「ラブレター? よせよ……」

言ったが、そういえば——というかすかな記憶があった。

「それじゃ、大学のころの……驚いたなあ、こんなものがまだあったのか」

麻子の父親は法律学者だった。そこの家に出入りする学生たちの、麻子がマドンナだった時代である。あからさまなラブレターを出すには気がひける。万一、親父さんにみつかったら大変だし、仲間たちの笑い者になりかねない……というわけで、そのころ愛唱した詩に託して、婉曲《えんきょく》に愛を伝えようとしたつもりなのだろう。

「ははは、照れるねえ。三十数年も昔のやつじゃないか。こんなものを仕舞っておかれたんじゃ、かなわないな」

「でしょう、有力な証拠物件ですよ。もし何かあったら、これを法廷に持ち出しますからね」

麻子は証拠品を確保するように、和泉の手から手紙を取り戻した。

「それにしてもロマンチックだわねえ。いまのあなたからは想像もできやしない」

「そんなことはないさ、いまも僕の胸には青年の血がたぎっているよ。いや、男は誰でもそうさ。佐藤春夫だって、いまの僕と同じくらいの歳《とし》に、こんな詩をよんでいる」

和泉は瞑想《めいそう》して、詩の一節を思い出しながら、口ずさんだ。

道なき野べに行き暮れて
千草の丘の洞《ほら》に伏し
天つ少女《おとめ》を夢むれば
ものに狂ふと人云《い》へり

「すてきねえ……」

麻子はもう夢みる少女の顔をしている。そして、ふたたび古びた便箋に視線を落として、「月夜の海に石を投ぐ、か……」と、溜め息のように言った。

「たしか、それは『少年の日』という題じゃなかったかな。春夫は少年期を和歌山県の新宮《しんぐう》で過ごしたから、たぶん南紀の海を想って詠んだ詩なんだろうね」

「いいわねえ、南紀の海か……行ってみたいわァ……」

「行けばいいじゃないか」

「行けばいいって、そんな簡単に……あら、そうだわ、行きましょうよ南紀。ねえ、行きましょうよ」

「いや、僕はいいよ。きみ、誰かともだちと一緒に行ったらいい……」

言いながら、和泉はふたたび宗教事典に関心を戻し、ページを開いて「ふだらく」の文字を見つけた。

〔ふだらく　補陀落〕観世音菩薩が住むとされる南インドの伝説上の山。日本では那智山や日光山などが補陀落として信仰された。この信仰は補陀落渡海という日本であまり例のない水葬慣例を生むことになる。和歌山県那智海岸の補陀落山寺の記録が、もっとも詳細にその様子を伝えている。

なるほど、松岡が言っていたのと、寸分違《たが》わない。さすがに宗教学者だけのことはある――と和泉は感心した。

「ともだちとなんて、だめよそんなの、一緒に行きましょうよ」

麻子は本格的に乗り気になったらしい、腰の重い和泉を熱心に口説いた。

「そうだなあ……」

和泉は補陀落伝説のふるさと――那智の風景を想像した。佐藤春夫が「月夜の海」と詠んだ南紀の海に、生きながら柩の舟に乗せられた人びとの話を思い浮かべた。

「行ってみるか……」

呟《つぶや》くように言ったものの、和泉はいったい、南紀のどこを目指して行こうとしているのか、曖昧な気分であった。

松岡は和泉の申し出を歓迎した。「そうか、きみも物好きだな」と口では茶化すようなことを言ったが、電話の向こうのニコニコ顔が見えるようだ。

「いや、僕よりも麻子のやつが行きたいというのだ」

「ほう、奥さんがか」

「ああ、なんだかよく分からないが、南紀には憧れに近いものがあるらしい。佐藤春夫の郷里でもあるしね」

和泉は弁解じみたことを言った。

「ああ、そうだ、『君が瞳はつぶらにて』だな」

「えっ？……」

和泉は一瞬、松岡が手紙のことを知っているのかと思ったが、そうではなかった。

「知らないのか、佐藤春夫の詩の一節じゃないか」

「ふーん、それは佐藤春夫の詩だったのか」

「呆れたな、そんな唐変木でよく麻子さんを誑《たぶら》かせたもんだ」

「……」

和泉はニヤリとくすぐったい笑いが浮かんだ。

（なるほど、あの歯の浮くようなラブレターが効いたのか――）

そう思ったとき、松岡もまた若き日の麻子にひそかに想いを寄せていたのではないか
――と気がついた。それからさらに（あっ――）と思った。

松岡の妻の面差しが、どことなく、若いころの麻子に似ているような気がした。

「そうか、それじゃ、奥さんも行ってくれるのか」

松岡の言葉で和泉は現実に戻った。

「かまわないのか？　女房連れで」

「ん？　ああ、むろん大歓迎だ」

「小百合さんは行かないのか？」

訊いてから、和泉は余計なことを——と後悔した。案の定、松岡はあっさり、「うちのは行かないよ」と答えた。和泉はそれ以上のことは言わなかった。

「しかしまあ、何はともあれ、きみが行ってくれるなら心強い。じつのところ、何が何でも行ってもらいたかったのだ」

松岡は最後には正直に本音を吐いた。旅行のスケジュールを説明する口調も弾んでいた。すでに乗る列車も決めてあるらしく、ホテルや切符の手配は心配しなくていいと言っていた。

3

名古屋からの紀勢本線《きせいほんせん》は、新宮までの百八十キロをおよそ四時間かけて走る。平均時速はなんと四十六キロ。これでれっきとした特急だというのだから、のんびりしている。利用者からよく文句が出ないものだと、感心させられた。

もっとも、車内はガラガラで、グリーン車の客はほんの四、五人。和泉夫婦の周辺には誰もいない。新幹線では前の席に坐《すわ》っていた松岡も、夫婦に気兼ねしてか、それとも一人でいるほうが気楽なのか、チケットの指定にお構いなしに、少し離れた席に坐って眠り込んでいる。

窓外の風景は、たんたんとした田園をゆくものだ。鳥羽《とば》を過ぎる辺りから和泉は眠ってしまった。夢うつつにトンネルをいくつか潜《くぐ》ったかなと思ったら、麻子が「まあ、きれい！」と、例によって素っ頓狂な歓声を上げたので目が覚めた。

左に海が見えていた。紀伊長島《きいながしま》付近の海である。紺碧《こんぺき》の空を映した水面に小波が立って、キラキラと輝くのが寝ぼけまなこには刺激的すぎるほど眩《まぶ》しい。

麻子はカメラを構えたが、列車はすぐにトンネルに入った。がっかりして座席に腰を下ろすと、すぐにトンネルを出はずれ、視界が開ける。そこはもう隣の入江なのか、まったく別の風景であった。

短いトンネルと短い景色がたたみこむように行き過ぎる。複雑に入り組んだリアス式海岸特有の、変化に富んだ風景が楽しい。入江は穏やかで、真珠かカキか、養殖イカダの幾何学的な模様が銀紙を敷き詰めたように、陽光にきらめいている。

「もうちょっとゆっくり走ってくれると、いい写真が撮れるのに」

麻子はカメラを構えては、シャッターチャンスを逃しつづけ、負け惜しみを言った。終《しま》いには、なかば自棄《やけ》っぱちのように、とにかくトンネルを出て視界が開けたらシャッターを切っていた。

「なんだか別世界みたい」

麻子はまるで、ファインダーの中の空間に酔いしれたような声を出した。

「『誰もいない海』っていう歌があったけど、誰もいない風景だわ」

たしかに麻子の言うとおり、沿線の村や町はほとんどが漁港のような佇《たたず》まいで、それなりに町並はあっても、驚くほど人の姿が少ない。動くものといえば、たまに、港を出る漁船や、道路を走る車を見掛ける程度だ。

「よほど過疎傾向がきついのかなあ」

和泉はあたかも自分のふるさとが寂《さび》れるのを惜しむように言った。

しかし、それだけにここの住人は人なつこいのか、踏み切りで子供たちが手を振ってくれたり、トンネルの切れ目で見掛けた人が、列車に向かっておどけた恰好で、両手で大きな輪を作ってくれたりして、旅人の気持ちを和ませた。

新宮には午後二時ごろに着いた。ここで、和泉夫妻は、ひと足先に那智勝浦《かつうら》まで直行する松岡とは別行動を取ることになった。

「新宮には佐藤春夫の記念館がありますからね、ぜひご覧になるといい」

松岡は麻子に勧めている。麻子はガイドブックで調べずみなのに、はじめて知ったような顔で、「わあ嬉しい、ねえ、行ってみましょうよ」と、意味ありげな目を和泉に向けて答えた。放っておくと、ロマンチックなラブレターのことを暴露しかねないので、和泉は麻子の腕を引っ張って、ドアに急いだ。

駅前タクシーに乗って「佐藤春夫記念館へ行ってください」と言うと、運転手は「ああ、速玉大社《はやたまたいしや》さんの、あれでっかね」と言う。佐藤春夫記念館は速玉大社の境内の一角にある。本来なら、速玉大社に参拝して、帰りに記念館に寄ろう――というべきところなのだそうだ。

ついでみたいで悪いけど、速玉大社にもお参りしよう――ということになった。

ものの本によると、熊野速玉大社はもともとは「熊野権現」の名で知られる、一大宗教王国のシンボル的存在であった。本来は新宮市の北東にある神倉《かみくら》山に祀《まつ》られていた神を、現在の場所に移した。神倉山のほうを元宮《もとみや》と呼ぶのに対して、ここを「新宮」と呼んだ。それが新宮市の名前の由来だということを、麻子はもちろん和泉もはじめて知った。

速玉大社の本殿は朱塗りの柱や桁に白壁の映える美しい社であった。しかし宗教心の希薄な夫婦にとっては、ただ美しいと思うだけで、それほどの感興を催さない。

麻子は早く佐藤春夫の事跡を訪ねたいし、和泉は和泉で、宿のある那智勝浦へ急ぎたいから、旅路の無事を祈っただけで、さっさと社頭を離れた。

佐藤春夫記念館は新宮市立である。東京の文京区《ぶんきよう》関口《せきぐち》にあった旧宅を、わざわざ移築したのだそうだから、ずいぶん熱心なことだ。まったく、ふるさととはありがたいものである。

見るからに華奢《きやしや》な造りの洋館だ。玄関を入ったところに受付があって、そこでチケットを買った。係は若い女性で、まるで佐藤春夫の時代の娘のように、古風なスーツを着て、それがじつに感じがいい。

女性はチケットを差し出しながら、おずおずと「あの……」と言った。

「失礼ですけど、和泉先生では？……」

「ん？……」

和泉が驚いて「そうですが」と言うと、女性は目を輝かせて笑顔になった。

「あ、やっぱり……あの、私はおとといM大学を卒業しました。国文科でしたので、先生の講義には出ませんでしたけど、お顔は知っていましたから」

ちょっと素っ気ないようなポキポキした喋《しやべ》り方だが、かえって飾り気がなくて、それもまたいい。

「そうですか、M大の学生でしたか、それは失敬」

「あの、奥様ですか？」

女性は麻子のほうを窺《うかが》うようにしながら、小声で言った。

「ああ、そうですよ、家内です。きみ、こちら、うちの大学の卒業生だそうだ」

和泉に言われる前に、麻子も少し離れたところで会話を聞いていたから、すぐに笑顔で会釈した。とたんに女性は「ああよかった」と、大袈裟《おおげさ》に胸をなで下ろすジェスチャーをしてみせた。

「よかったって、何？」

和泉はいささか呆れて、訊いた。

「すみません、ちょっと……」

女性は困った顔で、しかしおかしそうにクスリと笑った。

「このあいだ、やっぱりM大の先生がいらっしゃったことがあって、そのとき連れてた女の人、奥様じゃなかったんです」

「はは、なるほど、そういうことがあったのかね」

和泉は苦笑したが、なぜかふと、その艶福家が松岡でなければいいが――と思い、その裏返しのように、松岡かもしれない——という気もした。

「あなたもお気を付けになったほうがよろしいんじゃなくて」

麻子はおかしそうに言った。

「冗談じゃない、僕のような唐変木」

「それもそうね」

「あら、そんなことありません」

女性は真顔で首を振り、「学生の中では、先生の評価点はずいぶん高かったですよ」

と言った。

「だったらいいのだけれど……でも、その先生、どなただったのかしら?」

訊かれて、女性は当惑げに眉根を寄せた。

「やめなさいよ、そんなことを訊くのは」

和泉は麻子の好奇心を窘《たしな》めた。

「あらほんと、ごめんなさいね」

麻子も照れくさそうに笑って、館内に入った。

佐藤春夫の旧宅はまるでカラクリ屋敷のように、妙に凝ったところのある、繊細な設計であった。建物の大きさの割には窓スペースが大きく、一つ一つに工夫のある窓だ。

数奇屋風の落ち着いた和室があるかと思うと、二階フロアから階下のサンルームに切れ込むように下りる細い階段があったりして、遊び心や変化に富んでいる。春夫の性格がそのまま表現されているようにも思えた。

佐藤春夫記念館を出て、タクシーに乗ると、麻子は我慢できないというように、小声で言った。

「ねえ、さっきのあのお嬢さんのお話、あれ松岡先生じゃないかしら」

「ふーん」

和泉は麻子の顔を見つめてしまった。

「驚いたなあ、僕もさっき、話を聞いた瞬間、そんな気がした」

「あら、どうしてかしら？」

「とくに理由はないが、松岡なら、那智付近の寺や神社の研究に、ちょくちょく南紀を訪れているはずだからね。ここに立ち寄ったとしても不思議はないだろう」

「そのことより、奥様とのこと、うまくいってないらしいって、あなたおっしゃってらしたじゃありませんか」

「ああ、それもある。今度の旅行だって、本来からいえば、うちなんかより松岡のところこそ、細君と同伴で来ればよさそうなものなのだが、僕がそう言ったら、やつはあっさり、カミさんは行かないと言っていた」

「そう、じゃあ、やっぱり噂は本当だったのかしらねえ」

「ああ、近頃じゃ、もっと露骨な噂を立てるやつもいる」

「どんなこと？」

「奥さんの不倫だな」

「あら、その程度のことなら、いまは珍しくありませんよ」

「それはそうかもしれないが、親友のこととなると、そう冷淡にはなれない」

「やっぱり、あまりお歳が違うのがいけなかったのかしらねえ」

「それは言えてるな」

和泉は苦笑した。

「やつは寂しがり屋だから、女性に優しい言葉をかけられると、すぐにほだされるようなところもある。元来は不器用な男なのだから、あんな若くて美人の細君とでは、所詮、無理だったのかもしれない」

「そうよねえ、女はせいぜい私ぐらいのところがちょうどよろしいのよ。その点、あなたはお幸せですこと」

「ははは、幸せすぎるよ」

「あら、それどういう意味かしら？　でも、そんな下司《げす》の勘繰りみたいなお話、止《や》めにしましょう」

麻子はさすがに気がさしたらしく、そう言って、その話題は打切りになった。

4

松岡が用意してくれた那智勝浦の宿は、海岸べりに立つ鉄筋コンクリート三階建てのホテルであった。岸壁とホテルとのあいだの道路には、ソテツ並木が植わっていて、どことなく宮崎の日南《にちなん》海岸を連想させる。海は複雑な曲線を描く深い入江の奥だから、眠っているように静かだ。

和泉夫妻がタクシーを降りて玄関に入ろうとしたとき、ホテルの中から三人の若い男たちが現れて、「和泉先生」と呼び止めた。学部が違うので和泉に記憶はないけれど、どうやらM大学の学生らしい。連中の和泉に対する態度は、見るからに険悪なムードだ。

「ちょっとお話があります」

「何ですか？」

「そこまで一緒に来てくれませんか」

ぶっきらぼうな言い方だ。最近の学生は敬語の使い方を知らないが、和泉はそれは気にしないことにしている。

「ふーん……失礼だが、きみはどなた？」

「僕は文学部国文学科三年の新保《しんぽ》です」

「ほかのお二人も同じ学科ですか？」

「そうです、野沢《のざわ》と井坂《いさか》といいます」

「いま着いたばかりですが、そんなに急ぐ話ですか？」

「急ぐ話です」

「そう……」

和泉は新保の気負った態度に苦笑した。

「分かりました。何だか知りませんが、いったん部屋に入って、荷物を置いてくるから、待っていてください」

三人はどうする？――という顔を見交わした。その様子から察すると、ホテルに入らせないつもりだったのかもしれない。しかし麻子夫人もいることだし、そうもいかないと思い直したのだろう、代表格の新保が「いいでしょう」と言った。

「それじゃ、ここで待ってますから、すぐに出てきてくれますか」

「ああ、すぐに来ますよ」

チェックインして部屋に入り、荷物と麻子を残して、和泉はロビーに下りた。学生たちは玄関ドアのところに屯《たむろ》している。

和泉が行くと、三人はまるで拉致するように和泉を囲んで、外へ向かった。

そろそろ夕景に近く、空には茜色が射し、海の色は鉛色に沈み込んで、風も冷たくなってきた。

学生たちはホテルから出ると、目の前の道路を横切って行く。道路を渡った向こう側には、岸壁際に小さな公園がある。海は入江になっているから、よほどの台風でもこないかぎり穏やかなのだろう。低い岸壁の裾の辺りで、チャプンチャプンと、小波の寄せる音がしていた。

そこまで行くと、新保は和泉に、ベンチに腰かけるように言った。

ベンチは潮風に晒《さら》されて色褪せてはいるが、汚れてはいなかった。和泉はやや疲れた腰をどっかと下ろして訊いた。

「話って、何ですか?」

「先生の目的を訊きたいのです」

「目的?……というと、何の目的かな?」

「ここに来た目的です。ここには何をしに来たのですか？」

「それはもちろん、補陀落渡海のイベントを拝見しに来たのですよ」

「見学に来たのですか？　それとも、監視しに来たのですか？」

「監視？……どうして監視などと？」

「先生は補陀落渡海には反対しているのじゃありませんか？」

「私が？　どうして？」

「そう聞きました」

「誰に？」

「誰でもいいでしょう」

「よくはない」

和泉は厳しい表情になって、はじめて学生の非礼を窘めた。

「そういうありもしないことを言う人物は許せませんね。それに、無責任な伝聞を鵜呑《うの》みにして、ひとの迷惑も顧みないきみたちの行為も問題だな。私の今回の旅行は、あくまでもプライベートなものであり、家内も楽しみにしていたことだ。長旅で疲れているのを強引に連れ出すなどというのは、きわめて失礼ですよ」

「………」

新保は鼻白んだように黙った。その脇から、野沢という学生が一歩前に出て、新保を庇《かば》うように言った。

「失礼があった点は謝ります。しかし、補陀落渡海の実験に関して、先生が法的に問題があると言って、われわれのイベントを妨害しようとしていると聞いたものですから」

「驚いたなあ……」

和泉は苦笑した。

「たしかに、私は補陀落渡海のイベントについては、あまり趣味のいい試みではないと思っていますよ。しかし、法的に問題があるなどとは考えていない。だいたい、私は補陀落渡海がどのようにして行われるのか、現実には知らないのですからね。それだからこそ、一度見学しておこうと思ったのであって、きみたちを監視しようなどと、そんな姑息《こそく》なことは考えていませんよ。いったい誰がそんな中傷めいたことを言ったのですか」

「松岡先生です」

新保は、和泉教授に叱られた憤懣《ふんまん》をぶつけるように言った。

「松岡が?……」

和泉は唖然とした。

「松岡教授がそんなことを言うとは思えないなあ。それは何かの間違いじゃないの？　たとえば聞き間違えだとか……」

「いいえ、間違いありません。われわれ数人が聞きました」

「しかし、今度の補陀落渡海に誘ってくれたのは、その松岡教授本人ですよ」

「えっ、ほんとですか？」

三人の学生は顔を見合わせた。

「ああ、ほんとうだとも。もっとも、松岡君は補陀落渡海のイベントそのものについては、あまり乗り気ではなさそうだった。できることならやめてもらいたいような口振りでもあったよ。しかし、学生諸君の意志が固いので、そうもいかないとか言っていた」

「そんなはずはないです」

新保は不信感をあらわにして言った。

「そもそも、われわれにこの実験を思いつかせたのは、松岡先生なのですから。『往生の作法』というテーマで講義された際、補陀落渡海の話をしてくれたのです」

「何なのですか、その『往生の作法』というのは？」

「ご存じないのですか？　死ぬことと往生とは違うということですが」

「はあ、そうなの。往生とは死ぬことではないの？」

「死とは単なる生物学的な、あるいは物理学的な生命の終焉を意味するのですが、往生とは、悟りであるとか、浄土への旅立ちを伴っているのです」

説明している本人にも、あまりよくは分かっていないらしく、何となく頼りない口調であった。

「たとえばですね」と野沢が補足説明を加えた。

「往生した場合には、夏の暑い盛りといえども、死体が腐ることはなく、芳香を放つ……などといわれています」

「現代なら、さしずめ遺体安置所の冷蔵庫というところですか」

「先生、おちゃらかさないでください」

野沢は口を尖らせた。少し痩せ型で、神経質そうな青年だ。

「あ、すまんすまん、どうも僕は宗教心がない男だもんで……気に障《さわ》ったら堪忍してくれませんか」

「僕たちは真面目にこの実験に取り組んでいるのです」

ふたたび新保が言った。

「昔の人びとがどういう意識をもって、補陀落渡海の行事をとり行ったのか、実際に再現し体験してみることで、ある程度は推理できると思うのです」

「なるほど、その研究心は大いに賞賛しますが、しかし、あまり気持ちのいい実験とは思えないなあ。聞けば、補陀落渡海というのは、小舟の柩に生きながら葬られ、海に流されるのだそうじゃありませんか。それに、何人かが随行して殉死するという。いってみれば、ばかげた集団自殺行為でしょう」

「それを言っちゃ、おしまいですよ。そんなふうに割り切ってしまったら、即身成仏のミイラや焼身供養の上人、渡海上人の強烈な信仰心をすべて否定することになります。随行死だって、批判するのは簡単ですけど、そのときその人びとは、真剣に真理を追究しようとしていたのですから」

「そうかもしれないが、そんなふうに美化して考えるのは危険じゃないのかな。非科学的な愚行はあくまでも愚行でしかありませんよ。随行死や殉死が往生の作法だなんて思い込むと、いつだったか、和歌山県かどこかの海岸で、新興宗教のグループ数人が焼身自殺したとか、そういう事件が発生する原因になりますよ」

「それは、和泉先生が法学的な面からのみ解釈しようとするからです。所詮はわれわれの考え方とは嚙み合わない議論ですよね」

「いや、私だけじゃないですよ。松岡君だって、きみたちに補陀落渡海の話をしてはみたものの、こんなふうに実験まですることになるとは、思ってもみなかったのじゃないですかねえ。私をここに誘ったとき、彼は非常に不安そうでしたよ」

「そんな……いったい何が不安だというのですか？　危険なことはないと、ちゃんと説明してあるのに」

「危険かどうかということより、彼は何か不吉なことが起こらなければいいが——と言っていたな」

「不吉なこと？——」

「そう、たとえば何かの祟りだとか」

「祟り、ですって？……」

三人は顔を見合わせて、それから笑いだした。

「祟りだなんて、それこそばかげてますよ。ぜんぜん非科学的じゃありませんか」

「ははは、きみたちの口から非科学的という言葉を聞くとは思わなかったな。往生だとか、補陀落渡海だとかいうのは、非科学的ではないというのですか？」

和泉としては、かなり遠慮した皮肉のつもりだったが、三人の学生は気分を害したらしい。ゆっくりと黙りこくって、それから新保が憤然とした口調で言った。

「いや、それそのものは非科学的ですよ。しかし、僕たちのやっていることは、それを解明しようというのだから、まさに科学的だと思いますが」

「だったら、ついでに祟りについても解明してみたらどうかな。人間が祟りを恐れる心理と、補陀落だとか往生だとかを願う心理とは、どこかで結びついているのじゃないでしょうかね。宗教が専門の松岡教授が恐れるのだから、たぶん何かありますよ」

「かりに何かあるとしても、僕たちには興味のないことです。とにかく、先生方には僕たちのイベントに干渉していただきたくないので、そのことだけ申し入れておきます」

なんだか捨て台詞《ぜりふ》のように言って、三人の学生は背中を向けた。

5

妙な話だ――と、和泉はホテルに戻る道すがら思った。補陀落渡海の見学を誘った松岡本人が、学生たちの気持ちを逆撫でするような中傷めいたことを言ったとは……。

あるいは、松岡としては補陀落渡海のイベントを中止させたいのかもしれない。しかし、いわば言い出しっぺである本人の口から、すっかりやる気になっている学生たちに、そんな水を注《さ》すようなことを言えたものではない。

そこで、法学の教授で頭がガチンガチンであるところの和泉教授を引っ張り出した――とも考えられる。

もっとも、和泉の頭が固いなどと、松岡が思っているはずはない。和泉は学問上のことはともかく、それ以外のこととなると、きわめて好奇心の強い男だ。そんなことは百も承知の松岡が、学生たちの試みを妨害させるために和泉を利用するとは思えない。

「何でしたの？」

ロビーに麻子が立っていて、浮かない顔の和泉を迎えた。

「ずいぶん深刻そうだけど、何か問題でも起きたのかしら？」

「いや、そういうわけじゃない。明日のイベントについて、説明してくれただけだ」

「ふーん……だったら、わざわざ出掛けないでも、ロビーで打ち合わせすればよさそうなものなのに」

麻子は疑わしい目になっている。

「それより、松岡のやつ、何も連絡がないのかい？」

「ええ、まだ。あちらに電話してみましょうか？」

松岡は補陀落渡海が行われる浜辺に近い日本旅館に宿を取っている。このホテルから車で十五分ほど、学生たちの民宿とは目と鼻の先のようなところだそうだ。ウィークデーであるにもかかわらず、その付近の旅館やホテルは、明日のお祭り騒ぎを見物する観光客で、けっこう賑《にぎ》わっているらしい。

電話をしてみたが、松岡は不在だった。旅館に到着してまもなく、外出したという。

「学生たちのところに行っているのかもしれないな」

軽い調子で言ったが、和泉は漠然とした不安を感じていた。日が暮れて、辺りに夕闇が立ち籠めてくるにつれて、その不安はますます増大した。

食事は松岡の泊まる、和風旅館のほうで一緒にしようと言っていたので、ともかくそこに行くには行ったが、約束した六時までに松岡は現れなかった。

おかみの案内で、夫婦は料理が並ぶのを待つだけになっている座敷に通された。

「那智の青岸渡寺《せいがんとじ》さんのほうへ行かはったようです。山に入るから、少し遅れるかもしれん、おっしゃってましたので、しばらくお待ちになってください」

よく肥えて、見るからに陽気そうなおかみは、ニコニコしながらそう言った。松岡はもう何度か南紀を訪れて、そのつど長逗留するから、すっかりお馴染《なじ》みなのだそうである。

「奥様もええお方でしたのに、お気の毒さんでしたなあ」とも言った。

「奥さんも来たことがあるの？」

「へえ、二度ほどお連れになりました。那智の海が好きや、おっしゃってました。死んだら、私も補陀落渡海をさせてほしいなんて、冗談を言うたりしてはって……」

その松岡夫人は願いどおり補陀落へ渡ったのだろうか——と和泉は思い、おかみもそのことを連想しているのだろうかと思った。

「松岡のやつ、山に入るって、何をしに行ったのかな？」

「また薬草でも採りに行かはったのと違いますか」

「薬草があるのですか？」

「あるそうですよ。昔から修験者の人たちなんかが採ってはったいうことです」

約束した時刻より二十分ほど遅れて、松岡が戻ってきて、座敷に顔を出した。東京から来るときの服装から、山歩きに適した軽装に着替えている。汗を拭いながら床の間を背にドッカと坐った。上座だとか下座だとかを、まったく気にしない男だ。

「何だ、ひとを待たせておいて、どこへ行って来たんだ？」

和泉は半分は本気で詰《なじ》った。無意識にだが、ずっと感じていた不安感も籠めている。

「すまんすまん、久し振りで青岸渡寺の裏山に入ったのはいいのだが、道に迷ってしまってね」

「ふーん、そんなに簡単に裏山なんかに入れるのか？」

「ああ、杣道《そまみち》みたいのがある。山伏修行の連中が通る道だ。那智の滝の上に注連縄《しめなわ》が張ってあるだろう、あれもその道の一つを伝って行く」

「そんなところに、ご苦労さんなことだね」

「そんなところはないだろう。いやしくも宗教をメシの種にさせていただいているのだからね。たまには清浄の気に浸《ひた》ることも必要なのだ」

松岡は真面目な顔だった。

「薬草採りだとか聞いたが」

「ん？　そうか、おかみに聞いたのか」

松岡は余計なことを――という目を、帳場の方角に向けたが、べつに否定も肯定もしなかった。

「青岸渡寺って、補陀落渡海と何か関係でもあるのですか？」

麻子が訊いた。

「まあ、あると考えたほうがいいでしょう。もともと、この付近の山々を補陀落山に想定して、那智山と称したのですから。しかし、補陀落山へ行くには、やはり海を渡らなければならないというのが、補陀落渡海の発祥に繋《つな》がったと思われますよ」

松岡の帰りを待ちかねたように、すぐに料理が運ばれてきた。魚介類中心の和洋折衷の料理だった。伊勢エビとアワビの刺身、平目の塩焼き等々、ほとんどが活《い》きた魚をその場で料理したようなものばかりで、魚好きの和泉にはこたえられない。

松岡は「どうだ、僕の特別注文だ」などと得意がり、ご機嫌だった。和泉はよほど、最前の学生たちのことを話そうと思ったのだが、そういう松岡の楽しそうな顔を見ていると、切り出しにくくて、そのことは結局、話さずじまいになった。

「補陀落渡海のほうは、うまくいっているのかね」

食事の途中、さり気なく言ってみた。

「ああ、たぶんうまくいっているのだろう。帰りにでも寄って、現場を覗《のぞ》いてみるといい」

「なんだ、きみは行かなくていいのか」

「ああ、連中は僕なんかいないほうがいいらしいからね。行くと邪魔にされそうだ」

松岡は何も屈託がなさそうにそう言って、しきりに箸を使っていた。

学生たちの民宿まで、歩いてもほんの数分しかかからない。

和泉夫婦が松岡に見送られて旅館を出たのは、すでに八時を回ろうという時刻だった。月のない海岸の夜は闇が深い。海は霧が湧いているのか、沖をゆく船の灯が蛍火のようにぼうっと霞《かす》んでいた。

民宿の周辺は、あちこちに裸電球をあかあかと点《とも》して、賑やかだった。明日の準備に追われる学生たちばかりでなく、見物人も多いらしい。かなりの夜寒だが、肩をすぼめるようにして、庭先に鎮座した奇妙な建造物を眺めていた。

まったく、それは奇妙な「物体」であった。全長は七、八メートル、幅は二メートルばかりだろうか。一見したところ、小さな屋形船ふうだが、入母屋《いりもや》の屋根の庇《ひさし》に反りがあって、そこにちっぽけな鳥居が打ちつけてある。学生たちの慣れない仕事だから、ごく粗末な造作にはちがいないが、全体は白木造りで、壁面にはあまり上手とは思えない絵で、蓮の花や天女らしいものの舞う姿が描かれている。仕上がりはともかくとして、いまどきの大学生の仕事としては、なかなか立派なものだ。

庭の四隅に置かれた篝火《かがりび》が、白木の柩船をメラメラと照らして、ちょっとした演出効果を創り出していた。

和泉夫妻の姿を見咎《みとが》めて、新保がやって来た。

「何かご用ですか？」

いかにも迷惑そうな顔だ。まだ「妨害」を心配しているのかもしれない。「松岡先生はいませんけど」と言った。

「ああ、松岡君なら、いま会ってきました。一緒にこないかと誘ったのだが、きみたちに邪魔にされるのがオチみたいなことを言っていましたよ」

和泉は笑いを含んだ声で、チクリと皮肉を言ってやった。

「それにしても、補陀落渡海については、松岡君の指導なんかはいらないのですか？」

「はあ、先生からは講義を聞いたのと、船の基本的な設計について、アドバイスをしてもらっただけです。船の製作だとか、セレモニーの細かい段取りといったことについては、菅原《すがわら》先生に指導してもらいました」

「ほう、菅原君に……」

菅原は松岡の研究室で長いこと助手をやっていて、つい最近助教授になったばかりの男だ。松岡とはあまりうまくいっていなかったそうだから、松岡がここに顔を出したがらないのは、そのせいかもしれない。

「そう……」

和泉はその話題から気持ちを逸《そ》らすように視線を転じて、あらためて柩船を眺めた。近くで見ると、台座の上に載っていることもあって、かなり大きく見える。

「下の船の本体部分が、ずいぶん小さく見えるけど、これも造ったの？」

和泉は訊いた。

「まさか、僕たちはそんな器用なことはできませんよ。船は古い川船をもらってきた、いわば廃物利用です」

「そうなの……しかし、その上にあんな大きな屋形を載せて、大丈夫なんですか？　なんだか不安定に思えるけれど」

「大丈夫ですよ。船底にバラストを入れて、かなりの波がきても、復元するようにしましたし、船の上部にも甲板を張って浸水しないようにしてあります」

「これには何人ぐらい乗れるのですか？」

「乗ろうと思えば十人近く乗れると思いますが、実際には上人役が一人だけ乗ることになっています」

「その勇気あるお上人さんは誰がやるのですか？」

「菅原先生です」

「ほう、菅原君が乗るの」

「ええ、まず第一号はご自分だと、決めておられたみたいです。そのあとは学生の希望者の中から抽選で何人か選んで乗ることになっています」

「希望者がいるのですか？」

和泉は信じられなかった。

「いますよ、何人も。折角、みんなで造った船ですからね、それに乗るのはほとんど全員の願望です」

「怖くはないのかなあ」

「怖いって、どうしてですか？　さっきも言ったように、船はきわめて安定性が高い設計ですから、何も心配ありませんよ」

「いや、そういう怖さじゃなくてさ、つまりその、柩の中に入って、補陀落渡海に出るという、そのことがですよ」

「そんなの、ほんとに往生するわけじゃないし、怖いなんてナンセンスでしょう」

「そうかなあ、たとえ真似ごとであっても——いや、真似ごとであるから、なおのこと、渡海上人たちの志を冒瀆《ぼうとく》するようなものじゃないのかなあ」

「ははは、また祟りの話ですか。そんなの、ばかげてますよ」

「そうかねえ、よくそんなふうに割り切れるものですねえ」

和泉は学生たちのあっけらかんとした考え方が、かえって自分の不安を助長させるように思えてならなかった。

「菅原君はどうしてますか？」

和泉が言うと、新保は迷惑げに「会われますか？」と訊き返した。

「そうね、いや、仕事の邪魔をしちゃ悪いな、やめておきましょう」

「そうですね、そのほうがいいかもしれません」

「ふーん、どうしてかな？　彼も僕を敬遠していますか」

「いえ、そうじゃなくてですね、なんだか、あまりご機嫌がよくないみたいですから」

「何かあったの？」

「さあ、たぶん、明日のイベントのことで緊張しておられるのじゃないでしょうか」

「そうだろうね、誰だって、渡海上人になるなんてことは、あまり気持ちのいいものじゃないはずですよ」

「そんなことはないと思いますが」

新保は不本意そうに口を尖らせていた。

6

翌日もいかにも春らしい穏やかな陽気であった。天気予報は朝から午後三時まで、快晴を保証していた。

ホテルの窓から眺める海は油凪《あぶらなぎ》に静まりかえり、時折舞い上がる海鳥も、なんとなくものうげに見える。

昨日はあまり気づかなかったのだが、亜熱帯を思わせる照葉樹が多い濃緑の海岸の中で、ところどころ桜が咲いていた。こんなのどかな風景の中にいると、「補陀落渡海」

のイベントが、単なる絵空事ではないような気がしてくる。昔の信仰あつい人々が、この海の彼方に菩薩の住む山があると考えたとしても、不思議はないのかもしれない。

和泉夫妻が到着したころには、渡海船が乗り出す砂浜の近くは、かなりの人数の見物客で賑わっていた。松岡が近寄ってきて、和泉の腕を摑むようにして、船の近くまで連れて行ってくれた。

「とうとう始まるよ。はたして何が起こるか、目を塞いでいたい心境だ」

松岡は人が変わったような怖い顔つきでそう言って、腕組みをした。

船の周囲に真新しい注連縄をめぐらせ、学生たちは全員、何やら行者ふうの白装束に身を包んでいる。奇妙なもので、日頃はけっこう罰当たりなことをやっている連中が、そういう恰好をしただけで、なんとなくそれらしく見える。

菅原助教授と、新保、野沢といったリーダー格の学生の姿が見えないが、セレモニーは予定の時刻に始まった。

総勢二十人ばかりだろうか。立ったまま、般若心経《はんにゃしんぎょう》らしきものを唱え始めた。驚いたことに、学生ばかりでなく、地元の人なのかそれとも観光客なのか、一緒になって経文を諳《そら》じている人が少なくないのであった。

やがて学生たちは、船が載っている台座にある沢山の担ぎ棒の下に肩を入れ、掛け声を合わせて担ぎ上げた。船も屋形も薄い板やベニヤで出来ていて、見た目ほどには重くないらしい。学生たちは「よいしょ、よいしょ」と威勢よく、神輿を担ぐ要領で海へ向かって歩きだした。

　船のあとから、いつの間に現れたのか、三人の僧侶姿がつづく。三人とももちろん有髪《はつ》で、その真ん中の僧は頭巾のようなものを被っている。よく見ると、それは菅原助教授であった。左右の僧侶は新保と野沢だ。

　和泉をはじめ、見物の連中はゾロゾロと「神輿」のあとについて、しぜんの成り行きのように行列をつくった。マスコミの取材も数社ほどあるらしい。そのうちの一つはビデオを回していた。抜け目のない学生連中のことだ、マスコミに声をかけ、PRにつとめるばかりでなく、ことによるとなにがしかの協賛金をせしめているのかもしれない。

　渚に着くと船はそのまま海の中まで運ばれた。いくら黒潮とはいえ、まだ水温《ぬる》むには早すぎるだろう。しかし、汗いっぱいの若者たちにとっては、水の冷たさが心地好さそうであった。

　白衣姿の三人の学生が騎馬戦の馬のように肩を組んで、そこにまず菅原の「僧侶」が跨《また》がった。騎馬は海の中に進み、へさきから菅原は船に乗った。

　渡海船の両側に伴船が近寄ってきた。こっちのほうはふつうの手漕ぎ船で、漕ぎ手もやはり白衣姿だが、手つき腰つきのよさから察すると、専門の漁師に協力してもらったものだろう。それぞれの船には新保と野沢が、やはり「騎馬」に跨がって乗り込む。伴船のとものロープを延ばして、柩船のへさきに結びつけた。

こうして補陀落渡海のお膳立ては整った。

菅原の「上人」はもっともらしく合掌して、砂浜の人々に深ぶかと頭を下げ、別れの挨拶をした。とたんに、読経の声がいちだんと大きくなった。学生の人数を上回る、かなりの大合唱だ。これだけの人間が唱和すると、お経のコーラスもなかなか迫力がある。

菅原が屋形の扉を開けて「柩」の中に入り、扉を閉じるのを合図のように、三隻の船はいよいよ沖へ向けて動きだした。

漕ぐスピードは大したことはないのだろうけれど、それに潮の流れが加わって、かなりの速度で遠のいてゆく。

白衣の学生たちは海の中に胸まで浸《つ》かる辺りまで歩みを進め、合掌を天にかざすようにして、読経をつづけている。前後左右の一般の人々も海へ向かって前進し、中にはくるぶし辺りまで水に浸かる者もいた。

和泉はまるで白日夢でも見ているような気分がしてきた。

「すごいものねえ」

麻子は歓声を発した。

「なんだか、私まで群衆の中に入り込みたくなりそうだわ」

「それが、ある意味では宗教の恐ろしさというものだろうね。ここまで劇的な演出をやられると、催眠効果がはたらいて、身も心も投げ出して、惜しくない心理になってしまうのかもしれない」

「ほんと、そうだわねえ」

和泉夫妻の会話に松岡は参加しなかった。横目で見ると、恐ろしい目を遠ざかる三隻の船に向けている。何か——たとえば「祟り」が起きるのを恐れ、なかば期待しているような目付きであった。

入江を出はずれるところに、小さな島がある。柩船が島に近付くころには、浜辺から見る人の姿は豆粒ほどになっているだろう。

その先は、伴船が島の向こう側の、浜辺からは見えない位置まで柩船を曳航して、そこで綱をはずし、引き上げてくる手筈《てはず》になっているのだそうだ。

そこまでがこのイベントの全シナリオで、その後、柩船は島陰にしばらくいて、べつにチャーターした船外機つきの漁船に曳航されて帰ってくる。

たしかに、そのかぎりにおいては、学生たちが言うように、何ら危険もない催しに違いなかった。

白衣の学生たちは海の冷たさを思い出したように、三三五五、浜に上がってきて、焚《た》き火の周りに集まった。厳粛だった雰囲気がいっぺんで雑駁《ざっぱく》なものに変わった。

それを汐《しお》に群衆の大半は思い思いに帰って行った。マスコミの連中も機材を畳んで引き上げた。松岡や和泉の不安は杞憂《きゆう》に過ぎなかったかと思われた。

だが、異変は起きたのである。

三隻の船が、いままさに島の向こうへ消えようとする直前、柩船が大きく揺れ、柩の扉が開いて、中から菅原が飛び出した。

菅原は天を仰ぎながら、両腕を大きく動かして、まるでディスコダンスでも踊るようだ。遠目にもあぶなっかしいと思っていると、案の定、船べりを踏みはずして海中に転落した。

浜辺の群衆は口を「あ」の形に開けたものの、声がなかった。いまの出来事がイベントのシナリオにあるものなのか、それとも突発事故なのか、分からない人がほとんどなのであった。

二隻の伴船はうろたえたように、左右に揺れながら柩船に漕ぎ寄った。二つの船の僧侶姿の二人が、相次いで海に飛び込んだ。伴船の漁師も、櫓《ろ》を差し延べて二人に協力し、菅原を救出した。船べりを越えるときの菅原の体は、完全に脱力しているように見えて、浜にいる連中を不安にさせた。

　菅原を柩船に引き揚げると、二人の漁師は船の向きを変え、浜に向かって櫓を操り始めた。柩船を曳くロープはそのままである。

　往《ゆ》きとはえらい違いようの、乱暴な漕ぎっぷりであった。それにもかかわらず、船足はいらいらするほど遅い。潮の流れに逆らっているせいもあるが、彼らほどのベテランであっても、気が焦ると、かえって船の進みは遅くなるものかもしれない。

　固唾《かたず》を飲む観衆の待つ浜に、三隻の船が到着した。

　柩船の二人の学生は、ずぶ濡《ぬ》れになって、虚脱した顔をこっちに向けていた。仲間たちが、「どうしたんだ」と口ぐちに叫び声を浴びせても、しばらくは反応できない状態であった。

「死によったんじゃ！」

　漁師の一人が、恐怖に引きつった甲高い声で怒鳴った。顔面は蒼白だが、目は血走っている。

「祟りじゃあ、祟りじゃがなあ……」とも言った。悲鳴のようにも聞こえた。

　柩船が渚まで引き寄せられた。白装束の学生たちが、われ先に船の上を覗き込んだ。

誰も声を発する者はなかった。

和泉は反射的に松岡の顔を見た。松岡は完全な無表情で、じっと立ちつくしている。

「どうやらきみの予言が的中したらしい」

「ああ、そうだな」

そのとき、ほんのかすかな笑みが松岡の口許《くちもと》を通過したように見えた。ことによると、松岡にとっては菅原の死よりも、彼の予言が的中したことのほうが、よほど重大事なのかもしれない。

学生たちは虚脱した状態から立ち直れずにいた。和泉は麻子にホテルに戻っているように言った。松岡が「僕がお連れしよう」と言って、麻子の背を押すようにして現場を立ち去った。それを見届けてから、和泉は学生たちの後ろに近付いて声をかけた。

「船を浜に引き上げなさい」

全員の目が和泉に集まった。虚《うつ》ろな目にようやく意志の光りが宿って、彼らはものうく動きだした。

和泉は浜にいる見物人に向かって、「みなさんは下がってください」と叫び、学生の何人かを、整理のための配置につくよう、指示し、さらにその中の一人には救急車の手配と警察への連絡を命じた。

学生たちは、昨日の態度とはうって変わって、驚くほど従順に動いた。たちまちのうちに群衆は遠い位置まで退けられた。

柩船は学生たちの輪に守られるように、渚に半分乗り上げた状態で、ゆったりと波にたゆとうていた。

和泉はゆっくりした足取りで船に近寄り、甲板上に張られたベニヤの上に横たわる菅原を見た。

菅原は顔を歪《ゆが》め、恐ろしい表情を硬直させて、息絶えていた。全身濡れねずみで、知らない者が見れば、おそらく水死したように思うだろう。

「人工呼吸なんかもしてみたのですが、だめでした」

新保が菅原の脇にへたり込んで、茫然《ぼうぜん》自失の態《てい》で、泣きそうな声を出した。

「何があったのかね？」

和泉は訊いた。

「分かりません」

新保は力なく首を横に振った。

「浜から見ていると、菅原君はいきなり飛び出して、何かわめいていたように思えたのだが、何も言わなかったのかい？」

「わあーという悲鳴と、それから苦しい――と言いました。そのまま海に落っこちたので、たぶん心筋梗塞か何かではないかと思うのですが」

「そうかな？……」

和泉は首をひねった。

「いや、祟りやで、こりゃあ」

漁師がしきりに「祟り」を連発している。

「そやから、わしはいやじゃ言うたんじゃがな。恐ろしいこっちゃ」

ブルブル震えながら、念仏を唱えた。

まもなく、救急車と警察が相次いで到着した。救急隊は役に立たなかった。警察の検視がすむまで待って、死体運搬車の役目を受け持った。

そのころになって、やっとマスコミが駆けつけた。しかし警察の手でいちはやくロープが張られ、「補陀落渡海」の柩船には近付けなかった。

7

菅原の死因について、現場での医師の診断は「急性心不全」であった。死亡の際の状況からみても、そう思われた。海に転落した時点では、すでに絶息状態にあったらしく、水はほとんど飲んでいなかった。

しかし不審死であるので、一応、遺体は解剖に付されることになった。

和泉は捜査員が来る前に狭い「柩」の中に入っている。外見はかなり上等に仕上げてあるけれど、屋形の中は芝居のカキワリを見るように、殺風景そのものであった。扉以外、窓などはなく、みかん箱を大きくしたような粗末な板囲いである。床は川船の底がそのまま露出してあって、わずかに二枚の板が横に渡され、「僧侶」はそこに腰掛けるようになっていたらしい。

老朽船なので、船底は浸水するのか、茶色く濁った水が二、三センチも溜まって、コーラの空き缶が浮いていた。学生の話によると、前夜まではたしか空き缶はなかったのが、けさ、点検した際には缶コーラが一本、横板の上に載せてあったという。喉が渇くのを想定して、菅原が用意したものだと思う——と言っていた。

「あの空き缶、調べてみたほうがいいと思いますが」

和泉は捜査員に進言した。刑事は（素人が何を——）というように、ジロリと和泉を見て、それでも、手袋が濡れるのを厭《いと》いながら、空き缶を拾い上げた。

船底の水と混ざったものかどうかはともかく、空き缶の中身は少し残っているらししかった。刑事はあらためて、缶コーラをいつ、誰が入れたのかを訊いて回ったが、たぶん菅原本人ではないか——という回答があったほかは、結局、誰に訊いても正確に知っている者はいないことが分かった。

午前九時に始まったイベントだったが、午後三時ごろになって、やっと騒ぎは静まってきた。

それにしても悲劇的なイベントになってしまったものである。学生たちにしてみれば、和泉教授が言った「祟り」だとは思いたくないだろうけれど、目の前で起きた現実には、あまりにも説得力がありすぎた。

「やっぱり、松岡先生が言われたように、われわれのやったイベントは、補陀落渡海を冒瀆したことになるのでしょうか？」

新保に次ぐリーダー格の野沢が、昨日とはうって変わって、謙虚な態度で和泉におうかがいを立てた。

「まさか、そんなばかなことがあってたまるものですか」

和泉はむしろ一笑に付した。しかし、内心では、松岡や自分の危惧したことが、こういう形で的中して、恐怖を感じないわけはなかった。

ただし、和泉がもっとも恐れているのは、これが「事件」ではないか——ということだ。菅原の死が単なる病死ではなかったとしたら——という思いが和泉を脅かした。

和泉を中心に学生たちが寄り集まって、文字どおりお通夜のようにひっそりとしてしまった民宿に、刑事がやって来た。解剖所見の結論はやはり急性心不全であったということである。

「缶コーラの中身からは何も怪しいものは検出されませんでしたよ」

刑事は、ここの責任者と思ったらしく、和泉に向けて報告した。

「指紋は調べなかったのですか？」

和泉は訊いてみた。

「もちろん調べましたよ。缶にはいくつかの指紋がついていまして、その中のほとんどは被害者のものでした。ことに、新しくてはっきりしたものはすべて被害者の指紋でありましたよ」

「というと、菅原君があのコーラを飲んだことはたしかなのですね？」

「それは間違いなさそうです。プルトップいうのですか、あの引っ張る金具のところからも、被害者の指紋が採取されたようやし。それに、胃の中にコーラの成分が残っていたそうですから」

「そこからも毒物などは検出されなかったのですね？」

「失礼ですが、検査した医師は毒物についての知識は詳しい方なのでしょうか？」

「そうです」

「あんたねえ……」

ついに刑事は面倒くさそうにそっぽを向いた。

「警察のやってることは間違いがないのですから、余計な心配はせんといてくれませんかなあ」

「いや、もちろん警察を信頼しないわけじゃありません。ただ、そう言っては失礼だが、この辺りでは完全な検査設備があるのかどうか、その点が気になったのです。あの種の毒物の中には、検出されにくい性質を持ったものもあるわけでしてね」

「というと？」

「たとえば、アルカロイド系のものの中に、そういったものがあります」

「ふーん……おたくさん、お医者さんですか？」

「いや、私は大学で法律を教えている者ですが、多少はその方面の知識もないわけではないですから」

大学の、しかも法律の先生と聞いて、刑事は少し態度を改めた。しかし、警察の権威まで譲る気にはなれないらしい。

「分かりました、おたくさんの言ったことを、上のほうにも伝えてはみますけどね。しかし、おたくさんがそんなふうに、菅原さんは殺されたのではないかと疑うことは、何ぞ被害者が誰かに恨まれておったいう事実でもあるのでっか？」

「さあ、それはどうか、私はあまり菅原君とは親しい付き合いをしていないので、詳しいことは知りません」

「あんたたちはどないでっか？　何ぞ思い当たることはありませんか？」

刑事は周囲で固唾を飲んでいる学生たちに訊いた。

学生たちはたがいに顔を見合わせて、しばらく躊躇《ためら》っていたが、その様子からは、何かを知っているような気配が窺われた。そのうちに、新保が全員を代表する恰好で、

「じつは」と言い出した。

「昨夜遅くに、菅原先生のところに電話があったのです」

「誰からです？」

「それは分かりませんが……とにかく女性でした」

「ということは、あんたがそれを受けたいうことですか？」

「いえ、電話を受けたのは宿のおばさんですが、たまたま先生は留守だったもんで、僕が代わりに受けました。おばさんの話だと、どうしても菅原先生に話したいことがある

と言って、しつこかったので、代わりに僕を呼んだのだそうです」

「なるほど、それで、話の内容は何だったのです？」

「それがですね、電話に出てこっちが名乗ると、何も言わずに、いきなり電話を切ってしまったのです。あとで菅原先生に報告すると、分かったと言われましたが、なんだかすごく心配そうにも見えました」

「心配そう……というと、どんなでした？」

「そうですね、落ち着かないというか、何かビクビクしているようだったと思います。ほかの連中にも訊いたら、そう思ったと言っています」

「その女性だが」と和泉は訊いた。

「宿のおばさんはどんな感じの人だとか、そういうことは言っていなかったですか？」

「声や話の感じから言うと、若い女の人だったそうです。東京弁で早口で喋るので、聞き取りにくかったと言っていました」

和泉の脳裏に一つの人物像が浮かんだが、黙っていた。

「なるほど、そうですか、分かりました。とにかく一応、調べてはみますけどな」

刑事はあまり本気でやりそうもない口調で言って、引き上げて行った。

菅原助教授の遺族は、東京に夫人がいるほかは、郷里の北海道に両親と兄の家族がいるということだ。すでに知らせてはあるけれど、現地に到着するのは夜に入ってからになるそうだ。

　夕方近くになって、和泉はクタクタに疲れてホテルに戻った。先に帰っていた麻子が、

「大変でしたわね」と、気の毒そうに労をねぎらった。

「松岡はどうした？」

「あれから、私を送ってくださって、すぐに引き返していらしたけど、現場にはいらっしゃらなかったのかしら？」

「ああ、来なかったな。それじゃ、宿に戻ったのかな？」

「でも、菅原さんは、かつては松岡さんの研究室で助手をしていらしたのでしょう？　その方が亡くなったというのに、ずいぶん冷たいわねえ」

「ああ、そうだな。それに、補陀落渡海のことを学生たちに教えた張本人だというのに、ドロンを決め込むのは彼らしくない、ちょっと無責任な感じがするね」

　和泉は松岡の戦線離脱のような行動が腑《ふ》に落ちなかった。

　事件のことはテレビニュースでたてつづけに報じられたし、地元紙の夕刊にも掲載された。そのどれにも、菅原の顔写真が出ている。身分証か運転免許証からとったと思われる、正面の写真だ。

「変だわねえ……」

写真を見るたびに、麻子が首をかしげている。

「この人、どこかで見たような気がしてならないのだけど……」

「大学の人間なのだから、いつかどこかで会っているのじゃないのかな」

「いいえ、そうじゃないわね。私は学長さんや松岡さんをべつにすると、大学の方はあまり存じ上げないし、それに、こんなふうに真正面を向いた顔なんて、見ることはありませんもの」

「じゃあ、大学の広報誌か何かかもしれない。菅原君が助教授になったときに、写真が出たのじゃないかな？」

「そうかしらねえ、そういうの、見た記憶はないのだけれど……でも、写真なら真正面ですものね……」

言いながら、麻子は「あらっ……」と驚きの声を発した。

「いやだわ、あそこで見た人とそっくりなのよ」

「あそこって、どこだい？」

「あなたは知らないでしょう、よく眠っていらしたから。ここに来る列車の窓から見たのですよ。手を振ってくれた……じゃなくて、両手で大きな丸を作ってた人」

「ああ、なんだ、きみがパチパチ写真を撮っていた、あのときか」

「ええ、そう。あら、あなた眠っていらしたのじゃなかったの？」

「眠れるものか、耳元であんな大騒ぎをされて……待てよ、きみはやたらにシャッターを切っていたな。その人物を見たときはどうだった？」

「あっ、そうだわ、そういえばこの写真……もしかすると、ファインダーの中で見た顔だから、それで思い出したのかもしれないわ。でも、そのときシャッターを切ったかどうか分からないわねえ。明日の朝になれば分かるけれど」

「えっ、どうして？」

「フィルムの現像、けさのうちにホテルのフロントに頼んでおいたのよ。出来上がりは明日の朝ですって。出発前には出来ているそうよ」

「そうか、そりゃ楽しみだね」

「でも、あのときのあの人が菅原さんだなんて、そんなはずはありませんよねえ」

「それはまあそうだな」

それにしてもよく似た人がいるものね――と、麻子はしばらく首をひねってから、言った。

「こんなこと言うと、また下司の勘繰りみたいですけれど、佐藤春夫記念館に来たM大の先生っていうの、あれ松岡さんじゃなくて、もしかすると菅原さんじゃなかったのかしら？」

「ほう……」

和泉は驚いた。「どうして？」

「ううん、べつに理由はありませんけど、何となくそんな気がしたものだから」

「訊いてみるか」

しかし時刻はとっくに、記念館の終了時間を過ぎていた。

「そうだね、考えてみると、松岡が小百合さんと結婚したのは半年前だから、記念館の彼女が知っているはずはないのだ。そこへゆくと菅原君の奥さんは……」

和泉はあとの言葉を飲み込んだ。菅原夫人は当時の学部長の娘で、菅原よりたしか五つばかり歳上で、お世辞にも美人とは言いがたかった。そのくせ出たがりで、大学にはしょっちゅう顔を見せている。

「そうだなあ、そうかもしれないな……」

和泉は麻子の直感に頷《うなず》いた。しかし、その菅原の不倫の相手が誰かを想像すると、急に気が重くなってきた。

8

寝苦しい夜が明けると、麻子は早速、フロントへ行って写真を受け取ってきた。サービスサイズの小さな写真だが、最近のカメラは全自動だから、多少の手ブレはあっても、かなり鮮明に撮れている。

麻子は部屋に入るなり老眼鏡をかけ、写真を眺めた。

「ね、ご覧になって、なんだか菅原さんみたいに見えるけど……」

薄気味悪そうに言って、写真を和泉に手渡した。

和泉は老眼鏡の上に、さらにルーペを出して覗いてみた。

「ほんとだ……」

ひと目見て、和泉は唸《うな》った。他人の空似というには、あまりにもよく似すぎている。

その男は両腕で「ともだちの輪」のような丸を作っていたが、呆れたことに、ちっともおどけた感じではなく、むしろ真面目くさった顔をしている。それが、いつも難しい顔をしている菅原とそっくりだった。

和泉は学生たちのいる民宿に電話して、新保を呼び出した。

「つかぬことを訊くようだけど」と、和泉はなるべくさり気ないふうを装って言った。

「一昨日の昼過ぎごろ、菅原君はどこにいたか分かりませんか?」

「一昨日、ですか?……」

新保は戸惑って、しばらく考えていた。

「菅原先生はたしか、朝の十時ごろ那智大社へ行くとか言って出られて、二時過ぎに戻って来られたと思います」

「那智大社ですか……いや、ありがとう」

電話を切って、和泉は地図を広げた。

「きみが写真を撮ったのは、列車が紀伊長島を通過してしばらく海岸線のトンネルを出たり入ったりしている辺りだから、たぶん尾鷲《おわせ》から熊野市《くまのし》のあいだだろうね」

「だと思うけど、私に地理のことを訊いても無駄ですよ」

麻子は無責任なことを言った。

尾鷲から熊野市のあいだは、いくつもの入江が切れ込んでいて、トンネルも多い区間である。熊野市から那智勝浦までは約四十キロ程度だから、車で一時間もあれば充分、行ける距離だ。

「物理的には、その人物が菅原君である可能性はあるね」

「でも、まさか……」

「ああ、まさかとは思うが、しかし、確認してみるだけの値打ちはありそうだ」

和泉はなんとなく、その仮説にこだわりたい気持ちが募ってきた。

夫妻は予定より少し早めにチェックアウトすることにして、松岡のところに電話してみた。しかし松岡はすでに出発したあとであった。おかみは「朝七時にお出掛けなさいました」と言っている。

「おかしなやつだな」と和泉は麻子と顔を見合わせた。もしかすると学生のいる民宿へ行ったのかもしれない――と思い直して、和泉夫妻もその民宿へ向かった。

しかし、民宿にも松岡は来ていなかった。事件後、一度も顔を見せていないという。

民宿の学生のほとんどは東京へ引き上げ、主だった者数名が残っている。そこに昨夜のうちに到着した菅原の遺族が合流して、明日、遺体と一緒にほぼ全員が帰るのだそうだ。

和泉は遺族に挨拶して、例の写真を学生と遺族に示した。

「ああ、これは間違いなく菅原先生ですよ」

遺族より先に、新保が確信をもって断言した。

「顔ももちろんそうですが、服装が先生のものです。だけどこれ、ずいぶんおかしな恰好をしていますけど、いつ、どこでお撮りになったのですか？」

「一昨日の昼過ぎごろ、たぶん尾鷲と熊野市のあいだ辺りを走っている列車の窓から撮ったものですよ」

「尾鷲？　熊野市？　どうしてそんなところに行ったのですかねえ？」

新保は驚いた。もう一度、写真を見直したが、やはり菅原助教授であることに間違いはないという。遺族は「そうらしい」と、こっちのほうはむしろ自信なさそうに言った。夫人にいたっては、顔を背けるようにして、ろくすっぽ写真を見ていないのではないか……とさえ思えた。それでも「主人です」とはっきり言っている。

「主人のことは、近頃どうしていたのか、正直言ってよく分かりません」

菅原夫人は涙も見せずに、突き放すような言い方をした。大柄な女性で顔の造作もすべてが大きめである。まだ学部長の娘である時分から、和泉は彼女のことを知っているが、愛嬌のなさや、父親の威光をかさにきた高慢ちきなところは、そのころとちっとも変わっていない。

「補陀落渡海なんて、ばかげたことをするから、罰が当たったんですよ」

学生たちを睨《ね》め回しながら、そう言った。

菅原の父親は国鉄時代に小さな駅の駅長をしていたという、いかにも実直で気が弱そうな老人だった。

「大学で偉くなんかならなくてもいいから、北海道に帰ってくればよかったのに……」

父親がそう言って嘆くのを聞いて、和泉はふと心に引っ掛かるものを感じた。

「それにしても、菅原先生がなぜそんなところでこんなひょうきんなことをしていたのですかねえ？」

新保が言い、ほかの学生たちも不思議そうに顔を見合わせた。

疑問は少しも解明されないまま、和泉夫妻は旅をつづけることになった。遺族と学生たちに別れを告げて外へ出ると、和泉は麻子に言った。

「きみは知らないか、松岡のカミさん、たしか北海道じゃなかったかな？」

「ええ、そうよ、あなたも気がついたのね。私もすぐに小百合さんのことを考えたわ。でもあそこではなんだか言い出しにくくて黙ってましたけど」

「しかし、郷里が同じだからって、べつにどうってことはないがね」

そう言いながら、和泉は気になって仕方がない。松岡夫人の不倫の噂の相手が、ひょっとすると菅原であるのかもしれない……という連想がはたらくのだ。

「やっぱり、佐藤春夫記念館に電話してみるか」

「おやめなさいよ、そんなこと」

麻子は止めたが和泉はそうしないではいられなかった。麻子も内心は同じ気持ちだったに違いない。

電話をかけたものの、ことによると答えてくれないかもしれないと思ったが、意外にも、記念館の女性はすぐに「そうです、菅原先生でした」と言った。

「菅原先生だったのです。ですから、昨日、亡くなられたって聞いて、とてもびっくりしました」

「それで、相手の女性は誰だったの？」

「それは分かりません。最初、先生のことなんか気がつかなくて、お連れの女の人ととても親しそうで、見るからに、あっ恋人同士だなっていう感じだったのですけど、でも奥さんではありませんでした」

「いくつぐらいの女性？」

「たぶん三十二、三歳じゃないかと思いますけど」

「三十二、三歳か……」

和泉は呟きながら、麻子と顔を見合わせた。松岡夫人の小百合がまさにそれに近い。

電話を切ると、和泉はそのまま受話器を取って東京の松岡家にダイアルした。しかし松岡家は留守だった。

「もしかすると、松岡夫人はニュースを見て、こっちに向かったのかもしれないな」

「まさか……第一あなた、小百合さんに決まったわけでもないのに」

「あははは、それはそうだ」

二人は顔を見合わせて苦笑した。

「だけど、あいつ、どこへ消えちまったんだろうな」

旅館に行く先を言っているかもしれないと、電話をしてみた。例のおかみが出て「あ、いまちょうどお見えになったところです。ちょっとお待ちください」と言って電話を代わった。しかし、受話器から飛び出した声は女性のものであった。

「はい、松岡ですが」

「あ、奥さん……小百合さんですか？」

和泉は驚いた。「僕です、和泉です」

「あ、和泉先生ですか」

小百合はこわばった声で言った。

「いつ来られたのです？」

「ついさっきです」

「それで、彼は、ご主人はどこですか？」

「分かりません」

「あなたはどうして……いや、松岡君と一緒に見えるのかと思っていたのだが……」

「ええ、そのつもりでしたけど、あの、置いてけぼりにされたのです」

いかにも心許なげな、脅《おび》えた口調だ。

「置いてけぼり？……」

小百合の幼稚な言い方に、和泉は背筋がモゾモゾするようなもどかしさと、何かわけの分からない不安感に襲われた。

「これからそっちに行きますから、そこで待っていてください、いいですね？」

一方的に言って、電話を切ると麻子を急《せ》かせてタクシーに乗った。

小百合は旅館の奥まった部屋に入って、床の間を背に肩をすくめて坐っていた。テーブルの上のお茶にも菓子にも、手をつけていない。

「置いてけぼりとは、どういうことなのですか？」

和泉はいきなり訊いた。

「あの日、一緒にここに来ることになっていたのですけど、目が覚めたときにはもうお昼になっていて、あの人、いなくなっていたのです」

和泉は「あの人」という言い方が気になった。

「お昼になっていたって……つまり、奥さんは寝坊したっていうこと……えっ？　まさか睡眠薬を？……」

「ええ」と小百合は頷いた。

「たぶんそうなんです。それも少しばかりでなく、何倍かの量を飲まされたのだと思います。目が覚めたとき、二日酔いみたいに気分が悪くて、動けないくらいでした。キッチンへ行ってお水を飲もうとしても、歩いて行けないくらいなんです。おトイレだってそうなんです。意識がはっきりしたのは、その日の夜になってからです」

小百合は幼児のように、頭に浮かぶままの記憶を羅列した。

「うーん……驚きましたねえ。彼はいったい何のためにそんなことを……？」

「……」

小百合は下を向いたきり、答えない。和泉は思いきって写真を出した。

「これ、誰か分かりますか？」

小百合は少し弱視のきみがあるのか、少し目を細めるようにして写真を見つめてから、ギョッとして背を反らせた。

「これ、どうして……どうしたんですか？　誰がこんな写真を……」

和泉夫婦は顔を見合わせた。

「私が撮ったのですよ。列車の窓から写真を撮っていて、たまたまシャッターを押したとき、この写真が……この方が写っていたらしいのです。この方、菅原先生らしいのですけど……」

麻子が言うのを、ほとんど聞いていないのではないか——と思えるほど、小百合は動揺しきっていた。

「ひどい……やっぱり……」

悲痛な声で呟いた。彼女の目から、ふいに涙があふれ出た。

麻子は驚いて、和泉の顔を見た。(何がひどいの？　何がやっぱりなの？——)と訊いている目だ。麻子にしてみれば、あたかも自分の写真を非難されたようないやな気分である。

しかし和泉には、しだいに事情が飲み込めてきた。

「奥さん……小百合さん」と和泉は呼んだ。松岡夫人は「小百合さん」と呼んだときのほうが、しっかり反応した。すべては彼女の幼さに起因しているのかもしれない——と、そのとき和泉は思った。

「菅原助教授の遺体はまだこの地にありますが、お会いになりますか？」

和泉の言葉に、小百合は「ウグ……」という声とともに身を縮めた。引きつったような恐怖の目が和泉を見つめ、ものすごい早さで頭を左右に振った。

「じゃあ、今日はここにお泊まりになって、明日の朝、東京へお帰りなさい」

小百合はそれには応えずに、「どうすればいいんですか？」と反問した。

「どうするって？」

「だって、あの人……うちの先生、あれじゃないですか、菅原先生を……」

「奥さん」

和泉は厳しい声で言った。

「菅原君は急性心不全で亡くなられたのですよ。松岡君の言うことを聞かず、補陀落へ渡ったのです」

小百合は我儘《わがまま》を叱られた幼女のように、小さくなって黙った。

旅館をあとにして、和泉夫妻は駅まで歩いた。

「あの奥さん、どうするかしら」

麻子が気掛かりそうに言った。

「あのまま帰ると思うよ」

「警察には行かない？」

「ああ、行かないほうに賭けるね。かりに警察に行って何か告白しても、警察は相手にしないかもしれない。毒物が検出された形跡はないし、それに、彼女のあの幼稚さでは説得力はないよ」

和泉は苦笑して、「考えてみると、松岡は彼女のああいう幼稚さにほだされたのだろうし、菅原君もそういう彼女のペースに操られたに違いないね」と言った。

「どういう意味？」

「あの踏切のばかげた『ともだちの輪』さ。あんな合図を要求するのは、小百合夫人ならではの発想だと思うよ」

「えっ、あれは小百合さんが菅原さんにやらせたっていうこと？」

「おそらくそうだろうね。何か——たぶんデートの約束がＯＫかどうか——といった、他愛ないことだろうけれど、小百合さんが菅原君にそうやってくれって、指示を与えたのじゃないかな」

「まさか、そんなこと、いくら何だってばかげてますよ」

「ばかげているかもしれないが、それじゃ、ほかにどういう目的や理由があると言うんだい？　大学の助教授ともあろう人間が、わざわざ四十キロの道のりを出掛けて行って、走る列車に向けて『ともだちの輪』をするなんてことにさ」

「………」

「ほらごらん、何もあるわけがないだろう。それに、きわめてばかげてはいるけれど、あの方法はもっとも安全なサインかもしれないよ。鵜の目鷹の目で監視している亭主の目をくらますにはね」

「じゃあ、菅原さんはやっぱり松岡先生に？……」

「ああ、そう思うしかないな」

「でも、警察は毒物は検出されなかったって言っているじゃないですか」

「毒物の種類が問題なのさ。警察の解剖所見は、ずいぶん早い結論の出し方だったから、たぶんアルカロイド系の毒物を検出する試薬は使っていないのじゃないかと思う。神経性毒だから、心筋梗塞の症状と酷似しているし、体内から検出するのはきわめて難しいのだ」

「でも、コーラの残りからも検出されなかったっていうのでしょう？」

「ああ、そうだ。それで警察はすっかり安心しきっているようだが、もともと缶コーラの中に毒物を入れることは不可能に決まっている。蓋の開いた缶コーラじゃ、飲みそうにないしね。つまり、毒物は容器の外側——プルトップを開けた飲み口の縁に塗ってあったのだと思う。だから中身を調べたって、検出されないわけだ」

「なるほどねえ……」

麻子は感心して、眉をひそめながらも、夫を頼もしそうに見つめた。

「だけど、あの真面目ひと筋みたいな菅原さんが、どうして小百合さんとそんなことになっちゃったのかしらねえ」

麻子は事件そのものより、そっちの過程のほうに興味があるらしい。

「真面目だからこそ——ということはあるのじゃないかな。きっかけなんて、どこにでも転がっているものさ。おそらく、二人とも郷里が北海道だという、たったそれだけのことが発端になったのだと思う」

「それにしても、松岡さん、何も殺してしまうことはないのに」

麻子は恐ろしげに首をすくめた。

「私たちと東京からずっと一緒にいながら、菅原さんを殺すことばかり考えていたのかしらねえ」

「さあねえ、そんなことはないと思う。松岡は勝浦に着いてから、慌てて薬草探しに出掛けている。もしすでに殺意があったとしたら、あらかじめ毒物の用意ぐらいはしていたはずだ。勝浦に着いて、補陀落渡海の上人役を菅原君が務めると知って、急にその気になったのじゃないかな。菅原君だけを狙ってコーラを飲ませることができるチャンスなんて、そうざらにはないからね。しかも、コーラの缶はうまくすると海の中に落ちる確率が高い。うまくしなくても、船底の溜まり水に落ちるから、缶の外側に塗った毒物が検出される危険性はごくわずかだ。それに、補陀落渡海なんていうイベントは、いかにも祟りがあって不思議はなさそうな舞台設定じゃないか。宗教が専門の松岡のことだから、菅原君が成仏する条件は、すべて整ったとでも思ったのかもしれない」

和泉はなかば冗談で言ったつもりだが、麻子は「ほんと、そうかもしれませんわね」と真顔で頷いた。

「ただ、ちょっと分からないことがある」

和泉は悩ましげに首をかしげた。

「松岡ははたして、あの菅原君のサインを見たのだろうか？　きみは偶然、窓の外の風景に夢中で写真まで撮っていたけれど、何気なく見過ごしてしまえば、べつにどうという風景でもない。ともだちの輪をやっていたからって、瞬間的にあれが菅原君だなんて識別できるとも思えないし、第一、そのサインが何を意味しているのか、分かりっこないと思うのだが」

「そうですよね、あらかじめあの場所でサインを送って寄越すことを知ってでもいないかぎり、気にも留めないわ」

「ということは、松岡は知っていたということかな？」

「まさか……でも、そうなのかしら？」

「まあ、その点については、松岡本人の口から聞き出すしかなさそうだ」

「そうだわ、松岡さんだわ……」

麻子は肝心なことを思い出して、顔色が青くなった。

「松岡さんのこと、どうなさるの？」

「どうするって……要するに警察に密告するかどうかっていうことかい？」

「そういうわけじゃないですけど……でも、このまま放っておくの？」

「ああ、そうするつもりだよ。松岡のことは松岡自身がどうにかするだろう。あいつに会ったら、そう言ってやる」

「会えるかしら？」

「ああ、会えるとも。やつは僕たちの次の目的地が太地《たいじ》だってことを知っているしね。必ず会いに来るか、少なくとも電話ぐらいはあるに違いない」

和泉が確信を抱いたとおり、松岡は夫妻が泊まったその夜の宿——太地のホテルに電話をかけてきた。

「やあ、急にいなくなって、心配かけてすまない」といきなり謝った。

「そんなことはいいが、奥さんが来ていたよ。これから先、どうするつもりだ？」

「ふーん……なんだか、その口振りだと、何もかも分かったみたいだな。警察から何か聞いたりしたのか？」

「いや、警察は何も気づいていないよ。アルカロイドの話もしたし、それなりにヒントは出してやったのだが、毒物を缶の外側に塗布したことも分かっていないようだ」

「………」

松岡は黙りこくった。暗黙のうちに、和泉の指摘を肯定している。和泉は「ちょっと分からないことがあるのだが」と、菅原の「サイン」の謎を訊いた。

「ほうっ、驚いたなあ、どうしてそんなことに気づいたのだ？」

さすがに松岡は意表を衝《つ》かれたような声を発した。和泉が麻子のカメラに偶然、菅原の写真が収まっていたことを説明すると、「ははは、天網恢々《てんもうかいかい》っていうことか」と、いくぶん捨てばちに聞こえる笑い方をして、言った。

「じつを言うと、僕は色男が誰なのか、知らなかったのだ。小百合が浮気をしていることは気づいていたのだがね。それで、少し前のことだが、家を出るとき、テープレコーダーを仕掛けておいた。案の定、まもなく電話がかかってきたよ。あとでテープの中身を聞いてみると、僕が家を出るのを見ていたらしいのだな。小百合のやつは甘えた喋り方をしていた。ところが、その電話の会話の中で、小百合は一度も相手の名前を口にしないのだ。そのうちに、南紀へ行く話題になって、待ち合わせが可能かどうか、列車に向けてサインを送ってほしいなどと、ばかげた話をしている。まさに、きみが言ったとおりのことだ。大抵のことには怒らないつもりの僕だが、さすがに頭にカーッと血が昇ったね。もっとも、相手が誰か分からないうちは、まさかあそこまでやるとは思わなかったのだが……踏切でこっちに向かって妙な恰好をしているのが菅原だと知って、僕は許せないと思った」

松岡は大きく吐息をついた。

「それはあれか」と和泉は詰るように言った。

「きみが菅原君を助教授にしてやった、その恩を仇《あだ》で返したからなのか？」

「いや、そんなことじゃないさ」

「じゃあ、何なのだ？」

「………」

松岡は長いこと言い澱んでから、苦しそうに言った。

「美枝子《みえこ》のことがある……」

亡くなった夫人の名前だ。和泉は愕然《がくぜん》とした。前の夫人の死が不審死だったと、いつだったか、松岡が打ち明けたことがある。その死の原因に菅原がいたのか——。

「ははは、僕はよほどだめな亭主らしい」

松岡は乾いた声で笑った。それ以上、言うべき言葉を和泉は持たなかった。

「そうだったのか」

「これからどうする？」

「そうだな、南紀を巡って、高野山《こうやさん》にでも登ろうかと思っている」

「なんだ、それじゃ僕らと同じコースじゃないか」

「ははは、そうなるか。じゃあ、またどこかで会えるかもしれないな」

松岡はあっけなく電話を切った。和泉は余韻を懐かしむように、受話器を持ったまま、しばらくじっとしていた。松岡が行こうとしている南紀の海や山の風景に想いが飛んだ。それはたぶん、補陀落の景色に似ているのだろうな――と思った。

鯨の哭《な》く海

1

太地駅は野放図に明るい。南紀の海の明るさを、そのまま谷間近くのこの駅まで運んできたように、眩《まぶ》しい光に満ちていた。

駅前タクシーに乗ると、運転手に「お客さん、フルムーン旅行ですね」と図星を指された。

「よく分かるね」

和泉は半分驚き、半分面白がって相槌を打った。

「そら分かりますがな、奥さんが落ち着いてますさかいにな」

「ははは、落ち着いて見えるかね」

和泉は麻子の顔を覗き込んだ。

「落ち着いてないと、どうなの?」

麻子が訊いた。

「何やらソワソワしてはる女ごさんは、大抵は不倫さんですな」

フリンさんとさんづけで呼んだので、麻子はすぐにはピンとこなかったらしい。しばらく間があってから、「やあねえ、ばかばかしい」と言った。

「お宿はどちらです？」

運転手が訊いた。

「いや、今夜の宿は白浜に泊まることにしている」

「そしたら、観光ですね。どちらへ参りましょうか？」

「そうだなあ、一応、『くじらの博物館』を見たいのだが、その前に太地の町でも見物しようかね」

「分かりました、それでは太地の食文化をご案内しましょう」

運転手は一人合点して、車をスタートさせた。

「へえー、食文化ねえ。運転手さん、なかなか教養豊かなことを言うなあ」

「ははは、私らもこれで、町の観光行政に貢献しとるつもりやもんですさかい」

海岸沿いの道に突き当たり、それから町中の細い道をクネクネと曲がって、漁港から近い広場のようなところに出た。

「さあどうぞ」

運転手は率先、車から降りて、麻子の側のドアを開けてくれた。「どうぞどうぞ」と言いながら、さっさと先に立って歩く。行く先は目の前のスーパーマーケットであった。

「なんだい、食文化の正体はこれかね」

和泉も麻子も呆れたが、考えてみると、まさにここがこの土地の食文化を象徴する場所であることは間違いない。

「まあまあ、そうおっしゃらんと、ご覧になってみてください」

運転手はお客の反応の悪さにめげる様子もなく、店の奥まで連れて行った。

「これが太地の食文化の神髄でんがな」

立ち止まり、そう宣言すると、そっくり返って、陳列ケースを指差した。

「クジラか……」

太地に来たからには、分かりきったことのようだが、和泉も麻子もちょっとしたカルチャーショックだった。

陳列ケースには大小さまざまに切られた鯨肉《げいにく》のブロックが、真空パックされた状態で並んでいる。

ふた昔前なら、東京でもどこでも、店先に鯨肉が並ぶ風景は珍しくなかった。しかし、いまどきこんなふうにさり気なくクジラを売る店はあまり見ない。

「さすが、クジラの町だなあ」

和泉は感嘆の声を発した。

「でも、クジラって、売ったり食べたりしていいの？」

麻子が素朴な疑問を投げたとたん、運転手が「あきまへん」と、唇に人差指を当てて言った。

「ここではそれを言うたらあきまへん。えらいことになりまっせ」

「あら、どうして？」

「どうしていうて……困ったな、とにかくあきまへんのです」

運転手は周囲を見回して、拝むように片手を上げて麻子を制して、「そしたら、行きましょうか」と、そそくさと売場を離れた。

「奥さんがあないなことを言わはるもんで、びっくりしましたがなあ」

車の中に入ると、運転手は笑いながら言った。

「だって、ごく当たり前の疑問じゃありませんか」

麻子は笑われたことが不満である。

「はあ、そうかもしれませんが、あそこでは……いや、太地の町では言うたらあきまへんのや」

「いうなればタブーというやつかな」

和泉が運転手の代わりに言った。

「捕鯨の町で捕鯨を貶《けな》すのは具合が悪いということだろう」

「そうですそうです」

運転手はほっとしたように何度も頷いてから、「そしたら、博物館のほうへ行きます」

とハンドルを回した。

道路脇に立つ「くじら料理」の看板が目についた。

「だけど変な話ねえ、捕鯨を禁止されているのに、クジラが食べられるなんて、ねえ、法律家としてはどう説明なさるの？」

「おいおい、こんなところで仕事の話を持ち出すことはないだろう」

和泉は苦笑した。

「あれ？　そしたらお客さん、法律をやってるひとですか？」

運転手はギョッとして、バックミラーの中の和泉を見た。

「法律をやってるというのはおかしいが、まあ、そっちのほうの勉強をしている人間ですよ」

「まさか、クジラの取締りで来たのと違いまっしゃろな」

「ははは、心配しなくてもいいよ、僕は学者で警察じゃないのだから」

「それならよろしゅうおますけどな」

運転手は大袈裟に肩を落としてみせた。

「ときどき、ごついこと言うてみえる方がいてはって、大騒ぎになることがあるものやさかい、気ィつけなあきまへんねん」

「ごついことって、何なの？」

麻子が訊いた。

「つまり、捕鯨反対論者いうのですか、港に来て、いきなりプラカードを立てて、叫んだりするのです」

「なるほど、それはたしかにごついね」

和泉は笑った。

「お客さん、笑いごとやおまへんのや。土地の者にとっては、捕鯨は先祖代々、何百年もつづけてきた仕事ですさかいな、わしらは大阪のほうから流れて来よった者ですよって、それほど切実ではないけど、その人たちにしてみれば、死活問題いうのですか、ほんま、生活かかってますのでなあ」

「そうだねえ、いや、たしかにあんたの言うとおりだ。笑ってはいけない問題だね」

「ほんまです。お客さんみたいに分かってくれる人ばかしならええけど、ただ捕鯨反対いうて、頭から悪者みたいに言われたら、誰かて頭にきまっせ。それでも、怪我でもさせたら、また非難されますよって、何も手ェ出しできませんのや」

「ほう、怪我でもって、そういう事件があったのかい？」

「いまは静かにしてますけど、昔は何度かあったみたいですな」

車の行く手左側の岸壁に、本物のキャッチャーボートが展示してある。そこにもクジラ料理の看板を掲げたレストランがあった。

そこを過ぎたところが「太地くじら浜公園」である。正面に「くじらの博物館」があり、まずそこを見て、そのあとイルカの曲芸を見て、水族館を見て、天然プールに放し飼いされているクジラを見るのがフルコースになっている。

「この先の岬を回ったところまで散歩道がつづいてますさかいに、私はそこで待っております」

運転手はそう説明して、「ほな、ごゆっくり」と行ってしまった。

2

「くじらの博物館」は鉄筋コンクリート三階建ての瀟洒《しょうしゃ》な建物で、想像以上に規模が大きかった。

建物に入るとまず一階の吹き抜けホールに長さ約二十メートルの実物大のセミクジラが鎮座し、その巨大な獲物を追い詰めるように、古代捕鯨の「勢子舟《せこぶね》」が天井から吊り下がる。

舟にはこれまた等身大の勢子十数人、ある者は櫂《かい》を操り、ある者は銛《もり》を構え、目をらんらんと光らせて眼下のクジラに立ち向かうのである。

「こいつはすごいなあ！」

和泉は嘆声を発した。男のこういう作り物に対する驚きは、少年のころからあまり進歩も退歩もしていないものである。交通博物館やプラネタリウムなどの観客数は圧倒的に男の子のほうが女の子を上回っている。

反面、服飾だとか色彩感覚だとか、情緒的な感性を必要とする対象物には、男の子は興味を示さないのがふつうだ。

くじらの博物館の中にあるものは、ほとんどがこの「作り物」であり、しかも機械仕掛けで動くのだから、男の子の大きくなった和泉としては、たまらない。

吹き抜けホールを囲む中二階の壁面には、太地の海で行われていた古代捕鯨のジオラマが、いくつものシーンに分かれて見られるようになっている。荒波をけたてて捕鯨舟を操り、波間に見え隠れするクジラを追う勇壮なシーンが、動きそのものは簡単だが、しかしなかなかうまく出来ていて、飽きることはない。

麻子は夫の無邪気な様子に、ほとんど呆れはてていた。こんな見るだに恐ろしげな「殺戮《さつりく》」の見世物のどこが面白いのかしら——といった顔である。

しかし、館内には麻子以外に女性の姿がないわけでは、もちろんない。おばさんの団体が賑やかに嬌声《きょうせい》を上げながら通って行ったし、一人客らしい若い女性も見掛けた。

おばさん連中は、やはり麻子なみに興味がないのか、単に素通りのようにして行ってしまったが、若い女性のほうは和泉夫婦が来るはるか前から佇んで、動く気配もない。

そこは吹き抜けのホールの、麻子がいるのとはちょうど反対側のコーナー——クジラやシャチの骨格模型の前である。

(どこが面白いのかしら?——)

またしてもそう思わせるほど、その若い女性は熱心に、巨大なセミクジラの骨格模型を眺めている。

麻子は展示物よりも、彼女の心理のほうが気になった。
二十四、五歳だろうか、ここからだとおよそ二十メートルは離れているから、細かいところまではよく分からないけれど、サングラスをかけた都会的な顔立ちのように思える。木綿地らしい、洗い晒しのような淡いブルーのワンピースに薄手の紺色のカーディガンという、カジュアルな服装だ。髪は背中までとどくほど長く、遠目には麻で織ったように見える、目のつまったストローハットを被っていた。

（ずいぶん熱心ね――）

麻子は歩きながら、失礼でない程度にチラチラと彼女のほうに視線を送った。

和泉は相変わらず、一つ一つの展示物に興味を示しているのか、いつまで経っても追いついてこない。麻子は次の展示室に入るところで振り返って、夫を待ちながら、見るともなしに若い女性を視野に収めていた。

女性はいぜん、動かない。彼女の好奇心の強さに惹《ひ》かれるように、麻子も骨格模型を見上げた。

そのとき、麻子はふと妙なことに気づいた。若い女性は足を動かさないばかりか、彼女の視線も、一カ所を動こうとしないらしいのだ。骨格模型は巨大なものだが、全体を眺め回して、はじめてその巨大さを実感できるのだし、そのクジラが骨でなかった状態を想像することもできる。

しかし、骨格の一点を見つめていたって、あまり面白いものではない。

（どこの何を見ているのかしら？――）

麻子は女性の視線が向けられている先を辿《たど》った。

「あっ……」

思わず叫びそうになって、口を押さえた。しかし女性はこっちの気配を察知して、はじめて姿勢を崩し、視線をまっすぐ麻子に向けた。サングラスがキラリと光った。

二十メートルほども離れているというのに、麻子はサングラスの奥の彼女の眸《ひとみ》に込められた非難の色が、はっきりと見えた。

ほんの三、四秒にすぎなかったはずだが、女性が視線を外し、クルッと向きを変えて歩み去ってしまうまで、麻子はずいぶん長く感じた。

「おーい、何に見惚《みと》れているんだい？」

呑気そうな声がして、和泉がやって来た。

「あれ、あれよ……」

麻子は天に向けて指差した。和泉もつられて上を見た。

指の先には、古代捕鯨の勢子舟が背中をこっちに向けて吊り下げられている。

勢子は十三人。その一人の背中に銛が突き刺さっていた。

「なんだ、あれは？……」

和泉は驚くというより呆れた声を発した。

「おかしなことをするもんだね。何かの間違いかな。それとも、ジョークのつもりだろうか？」

「まさか、あなたって意外に呑気なのねえ。こういう科学的な展示館で、ジョークなんかあってたまるものですか」

「そりゃそうだな。だとすると、古代捕鯨では、ああいう事故もあり得たという意味かい？」

「いやねえ、違うでしょう、誰かのいたずらに決まってますよ」

「なるほど、いたずらか……それにしても、いままで誰も気がつかなかったのが不思議だな。ちょっとした死角というのか、盲点になっているのかもしれないが、ここの職員も気がついていないのだろうかね」

「さっき、女の人が一人、あれを見ていたけれど、知らん顔して行ってしまいましたよ。案外そんなものかもしれないわ」

「真面目に知らせて、笑いものになってはいけないとでも思うのかもしれないな。だいたい、どっきりカメラだとかいう、人の善意を笑いものにするばかどもがいるから、無関心人間が増えるのだ」

とにかく事務所の職員に知らせてやることにして、和泉は切符売場まで戻った。

「天井からぶら下がっている船に勢子が大勢乗っているでしょう。あの中の一人の背中に銛が刺さっているけど、あれは放っておいていいのかな？」

恥をかかないように、多少、用心深い言い方をした。

「えっ、またですかァ？」

職員は椅子から飛び上がるほどの驚きを見せた。そこには男女それぞれ一人ずつが詰めていたが、男性のほうがドアを飛び出て、和泉を追い越して走った。

現場にはまだ麻子しかいなかった。職員は天井を見上げていっそう驚き、明らかに顔色を変えていた。

「いつの間に……いったい誰が、何のためにこんなことをしたのだろう？……」

愚痴のように呟いてから、「すみません、ちょっとここにいてください」と和泉に頼んでおいて、慌てふためいて仲間を呼びに行った。職員は四人まで集まったが、それ以外はそれぞれの業務があるので、持ち場から離れるわけにはいかないらしい。

「警察に知らせたほうがいいのかな」「いや、そこまでしなくてもいいだろう」と押し問答するうちに、客の数がどんどん増えた。

学術的な展示物には少しも興味を示さない連中だが、天井に近いところにある「銛を刺された勢子」は、たちまち観客の人気を独占してしまった。巨大模型のシロナガスクジラも、骨格模型も、まもなく始まるイルカの曲芸も顔色《がんしょく》なしだ。

これだけ目撃者が多くなると、隠しておくわけにもいかないので、結局、警察に通報することになったようだ。

和泉はこの場の成り行きをまだ見ていたかったのだが、麻子のほうが先を急いだ。

「タクシーを待たせてあるのですよ、メーターがドンドン上がってしまうわ」

タクシー料金など問題外の、世にも珍奇な見せ物だと思うのだが、女の経済観念の前には男の好奇心などものの数ではない。

二人は本館の裏手に出て、イルカのショーをチラッと見て、水族館に入った。

ここの水族館は一風変わっていて、観客は五百トンという巨大水槽に沈んだ潜水艇の中に下りて行けるようになっている。潜水艇の丸窓を通じて、さながら海中を観《み》るように魚たちの遊弋《ゆうよく》を見学できる仕組みだ。

暗い海の底近くを泳ぐ魚たちが目の前を横切る風景や、水面を背景に、回遊する魚の群れを見上げるのは、スキューバダイビングを体験しているような気分である。

麻子は単純に「まあきれい」とか「あら」とか、感嘆詞を連発させて喜ぶのだが、和泉のほうは、さっきの銛を背中に突き立てた勢子のことが気になってならない。

「あれからどうしたかな」と、見えるわけでもないのに、後ろを振り返る。

「しようがないひとだこと。あなたの興味を惹きつけるには、ここに死体でも浮かべるしかないわね」

麻子は呆れ返った。

そのとき、水槽の反対側の窓に人影が見えた。麻子はギョッとした。さっき展示場にいた若い女性らしい。暗い「水の底」にいるというのに、サングラスをしたまま、じっとこっちを見ている。いや、もちろん水の中の魚たちを眺めているのだろうけれど、麻子は見られているような気がして、思わず視線を外《そ》らせてしまいふたたび視線を戻したときには、彼女の姿はなかった。

水族館を出ると、入江の一部を堤防と網で仕切った大きな塩水の湖に、クジラとシャチとイルカを放し飼いにしている。

水辺に沿って歩いてゆくと、クジラとイルカが寄ってきた。まるで犬が餌をねだるように、足元の浅瀬で身を斜めにして、悲しげな鳴き声を上げる。

黒い小さな目が、訴えるようにじっとこっちを見つめているのは、可愛さを通り越して、むしろ哀れをそそる。

クジラもイルカも、和泉夫婦が歩くのを慕って、どこまでもついてきた。

「こんなに可愛いの、殺したり食べたりしちゃいけないわよ」

麻子はほとんど涙ぐみそうになって、声を震わせた。

「僕もそう思うな」

和泉も珍しくしんみりした口調で、麻子に同意した。

「アメリカやイギリスの連中が、捕鯨に反対する理由も分かるような気がする。資源保護だとか、そういう問題以前に、ごく素朴に情緒的な見地からいっても、これは野蛮行為そのものだよ」

クジラとイルカは、浅瀬が岩場に変わるギリギリのところまでついてきて、諦《あきら》めたようにひと声鳴いて、去って行った。

3

ゴツゴツした岩場はそのまま切り立って岬になった。コンクリートで固めた遊歩道が岬の向こうへ回って行く。抜けるような空の色をそのまま映した紺青の海が、遊歩道のすぐ脇から水平線まで穏やかに広がっている。

岬の先端を回ったとき、麻子は前方に最前の若い女性が歩いて行くのを発見した。

「あ、あのひと……」

和泉の袖を引っ張った。

「あのひと、私たちより前に、あの銛が突き刺さっているのを見ていたのよ。水族館にもいたけど」

麻子は彼女に聞こえないように、夫に囁《ささや》いた。ちょうどそのとき、女性は岩が自然にくり抜かれたようなトンネルに消えた。

トンネルのところまでは五十歩ばかりであった。麻子は無意識に速歩になって、女性を追うようにトンネルに入った。

トンネルの中は暗く、中ほどの辺りで少し曲がっていて、女性の姿はその向こうに行ってしまったらしい。

トンネルは実際にはそれほど長くなく、せいぜい五、六十歩で出はずれた。出はずれたところは入る前と似たような岩場の道であった。太陽が照りつける、歩きにくそうな凸凹《でこぼこ》の道だ。そこを百メートルばかり行くと、車の通る道路に達する。和泉夫婦が乗ってきたタクシーが、木陰に憩うように停《と》まっているのが、もうここからは見える。

「あら?……」

「いないわ……」

麻子はギクリとして足を止めた。

「いないな」

和泉も怪訝《けげん》そうに前方を透《す》かすようにして窺った。

若い女性の姿が消えていた。

トンネルを出れば、当然、そこに彼女の後ろ姿があるものとばかり思っていただけに、何か騙《だま》されたような妙な気がした。

「変だわねえ……」

麻子は和泉の顔を見た。和泉も黙って頷いた。

道は一本道のように見える。いや、歩いてゆくと、たしかに一本道だ。もっとも、岩場を登って右手の山の上に行けば行けないことはないかもしれないが、それはかなり危険だし、彼女がそれにふさわしい服装であったとは思えない。

「おお寒い……」

麻子はふいに悪寒を感じて、肩をすくめた。陸地側からのゆるやかな風は吹いているけれど、もちろん寒さを感じるはずはない季節だ。

「どこへ消えちゃったのかしら？　なんだか気味が悪くなってきちゃった」

「駆けて行ったのかもしれないな」

和泉は無理に理論的に説明しようとした。

「でも、それだったら足音ぐらい聞こえてもよさそうなものだわ」

「きみの言うことは正しいが、それじゃ、どうしたということになるのかな」

「分からないわ、そんなこと」

麻子はもう一度、肩を震わせて、「とにかく早く行きましょう」と、和泉の先に立って急ぎ足になった。

タクシーの運転手は、ドアに斜めに体をあずけるようにして、気持ちよさそうに寛《くつろ》いでいたが、夫婦の気配を察知すると、サッと運転の姿勢に戻った。

「どないでした、なかなか見応えがあったでしょう」

「ええ、たしかに一見の値打ちはあるわね」

麻子は答えておいて、「いま、岬のほうからこっちに、若い女の人、走って来ませんでしたか？」と訊いた。

「いえ、来ませんが……」

「あら、変だわねえ」

麻子は和泉と顔を見合わせた。

「ほんとに消えちゃったみたい」

「消えたいうと、その女の人がでっか？」

運転手は肩を寄せ、不安そうな表情を見せた。

「そうなのよ、私たちの前を歩いていた若い女の人が、トンネルを出たところで、急に見えなくなっちゃったの」

「へへへ……」

運転手は曖昧な笑い方をした。笑いながらハンドルを操作して、車を走らせた。

「そしたら、駅までお送りすればよろしいのでっか？」

何となく、話題を逸《そ》らすような、唐突な感じだった。

「いや、どこかで食事をしたいのだが、落ち着いた和食の店はないかな」

和泉が訊いた。

運転手は「………」と聞き取れない早口で店の名前を言ったが、和泉は「ああ、そこでいいよ」と答えた。

案内されたのは日本旅館ふうの料理屋だった。門柱に「太閤丸《たいこうまる》」と書いた看板がぶら下がっている。運転手が「昔、網元さんだったとこが経営してはるのです」と説明した。

麻子が「なんだか高そうね」と囁いたのを運転手が聞き咎めたように、「見た目よか高いことおませんで」と言った。

「それと、さっきの女の人のこと、ここの人に聞いたら知ってはるかもしれません」

最後のサービスのように言って、行ってしまった。

太閤丸の玄関を入ると、式台のところで仲居さんふうの女性が膝をついて迎えてくれた。いよいよ高そうなイメージなので、麻子は心配顔である。

しかし、部屋に案内されて、メニューを見ると、運転手が保証したとおり、思ったほどのことはない。メニューの中にクジラ料理もいくつかあった。麻子は何か汚らわしいものでも見るように、そこを素通りして、あっさり刺身定食を注文した。

「さっきの女の人、どうなっちゃったのかしら?」

仲居さんが引っ込むと、麻子はまたその話題を持ち出した。

「ああ、ちょっと不思議な気がするね。しかし、それよりも、あのくじらの博物館の、銛を背中に突き立てた勢子のことが気にならないかい?」

和泉は首をかしげた。

「あのあと、どうしたかな?」

博物館の職員の、慌てながらも恐怖に満ちた顔が思い浮かんだ。

料理を運んできた仲居さんに、和泉は、博物館での出来事を話した。

「ほんまですか?」

仲居さんは、大袈裟にいえば料理の盆を取り落としそうなほど驚いて、「おお、こわ……」と悲鳴を上げた。

和泉夫婦は彼女の驚きように、むしろ驚かされた。

和泉はふと思いついて、訊いてみた。

「博物館の職員は『また……』と言っていたようだが、前にも同じようなことがあったということですか？」

「はい、そうなのです」

「そのときも警察は来たのかな？」

「ええ、来て調べたみたいですけど、誰がやったのか、分からなかったそうです。ただ、そのあとに恐ろしい事件が起きて、そっちのほうが忙しくなったので、博物館のいたずら事件なんか、ふっ飛んでしまったのやと思いますけど」

「恐ろしい事件——というと、殺人事件でも起きたの？」

「はい、隣の森浦《もりうら》いうところで、人が殺されました」

「あっ……」と和泉は閃《ひらめ》いた。

「それはあれじゃないのかな、背中に銛が刺さっていたのじゃないかい？」

「そうです……えーっ、お客さん、よう分かりましたなあ」

仲居さんもだが、麻子も夫の直感に感心するより、驚いてしまった。

「ほんとなんですか、それ？」

「ええ、ほんとですよ」

仲居さんはそそけだったような顔で、はっきりと頷いた。

「そのとき殺されたのは、誰なの？」

和泉は訊いた。

「森浦の遠畑《とおはた》さんいう人です。出稼ぎの若い衆を仕切ってはった家の、二番目の息子さんでした」

「出稼ぎの若い衆――というのは？」

「はい、いまはなくなりましたけど、クジラやイルカ漁のときに、よその港から応援に来てもらう人たちが沢山いてはったころのことです。いまは反対に、太地やらこの近くの港なんかから、遠洋漁業の船に乗り込む人を集めて、北海道とか、石巻《いしのまき》とかへ送り込む仕事をしてはります」

「なるほど……それで、その遠――何とかいう人……」

「遠畑さんでっか？　遠い畑と書きます」

「ああ、その遠畑さんは誰に殺されたんですか？」

「それが、まだ分かってへんのです」

仲居さんはちょっと言い澱んでから、聞き取りにくいほどの小声でつづけた。

「たぶん、出稼ぎの人の給金をピンハネしたのを、恨まれたのでないかいう噂はありましたけど、ほんまのことは分かりません」

それ以上の質問は勘弁してもらいたい——という顔で、仲居さんが下がってしまうと、麻子はようやくあからさまに驚きの声を出した。

「呆れたわねえ、あなた、まるで、最初から殺人事件があったことまで、ちゃんと知っていたみたいな言い方をするのだから……どうしてそんなことまで分かったの？」

「そりゃ、博物館の職員の慌て方や、仲居さんの話の内容、それに彼女の顔色を見れば、だいたいのことは想像がつくよ。それでちょっとカマをかけてみたら、案の定、そうだったというだけのことだよ」

「そうかしら……人の顔色を読んで、カマをかけるなんて、なんだか詐欺師みたいで、油断がならないわ」

「おいおい、きみまでがそういう目で見ることはないだろう。きみだって、僕の顔色を読むのは巧みなくせになあ」

「それはあなた、三十年も見慣れた顔ですもの」

「ふーん、しかし、僕にはきみが何を考えているのか、さっぱり分からないことがあるけれどね」

料理を食べるあいだ、しばらくは無言でいたものの、やはり、思考のほうは「事件」や「出来事」に向かってしまう。

4

「やっぱり変だわねえ」

麻子が箸を休めて、天井を仰いで言い出した。

「さっきの女の人、変だわ、やっぱり」

「なんだい、変だっていうと、つまり幽霊か何か——ってことかい？」

和泉は半分、茶化すような言い方をしたのだが、麻子は深刻な表情を変えない。

「そうかもしれないわ、でなきゃ、あんな消え方、おかしいわよ。それに、あの運転手さんだって、その話をしたら、変にそそくさと車を走らせたじゃありませんか」

「ああ、たしかにね、様子はおかしかった」

そのことは和泉も感じていた。しかし幽霊説までは同調しがたい。さりとて、あの場所で岩山に登る以外、どういう消え方があるというのか、それも見当がつかなかった。

仲居さんが食事の進み具合を見に、顔を出した。和泉はお愛想にデザートを注文して、そのついでのように、さり気なく訊いた。

「あそこのくじらの博物館から回ってくる岬だが、女性の幽霊が出るなんてことはないのだろうね？」

「えっ……」

仲居さんはさっきと同じような目をして驚いた。

「お客さん、よう知ってますなあ。どこでお聞きになったのですか？」

「いや、聞いたわけじゃないよ。じつは、この目で見てきたばかりだ」

「いややわ……」

仲居さんは笑おうとして、頰が引きつったように痙攣《けいれん》した。

「冗談、言わんといてくださいな」

「冗談じゃないのよ」

麻子が真顔で言うと、仲居さんはいっそう脅えた。

「淡いブルーのワンピースで、白っぽい帽子を被っていたわ」

「あの、そのひと、いくつぐらいでした？」

「二十四、五歳ぐらいかなって思いましたけれど」

「それで、あの、カーディガン、着てませんでしたか？」

「着てたわ、そう、紺色のカーディガン」

「それ、そしたら、あの、そのひと、お嬢さんですわ……」

もはや、仲居さんは卒倒寸前といったところだった。

「お嬢さん？」

和泉夫婦は顔を見合わせた。

「お嬢さんて……じゃあ、あなたのご存じな方なの？」

麻子が訊いた。

「はあ、それはまあ……そやけど、そんなあほなことが……」

「ねえ、その方、どこのお嬢さんなの？」

「あの、誰にも言わんといてください」

仲居さんは背後の廊下を気にしながら、二人に向けて身を乗り出した。

「こちらのお宅のお嬢さんです」

「えっ、このお店の？　まあ、そうでしたの、あの方がねえ。やあねえ、それを幽霊だなんて……」

笑いかけて、麻子が気がついた。

「えっ、まさかそのお嬢さん……」

「そうです、亡くなりはったのです。一昨年《おととし》のいま時分ですけど」

「亡くなったって、どうして？　病気じゃないらしいね」

和泉が仲居さんの脅えきった様子から察知して、訊いた。

「それが、心中やないか、いう話です」

「心中？……」

和泉は露骨すぎるくらい、不快感むき出しの顔になった。世の中に犯罪は多いけれど、心中ほど不愉快な犯罪はない――というのが彼の持論だ。それも、どうにもならない生活苦が原因――というのならまだしも、色恋沙汰のもつれで心中するなどは、断じて許しがたい。

わが国にはどういうわけか、昔から心中を賛美するような風潮があった。『曽根崎《そねざき》心中』だとか太宰治《だざいおさむ》の心中など、その典型といっていい。考えてみると、「桜桃忌《おうとうき》」などという催しも、心中の片割れだけを追憶するようで、おかしなものだが、毎年、マスコミがはやし立てる。

麻子はそういう和泉を、（また始まった――）と眺めている。

麻子のほうはそれほど心中に否定的ではない。太宰の作品が好きだし、心中する人たちの気持ちにも同情できるものを感じる。

「心中の相手は誰ですの？」

　麻子は黙ってしまった和泉の代わりに、訊いた。

「東京の新聞記者だとかいう話です」

「新聞記者？……」

　今度は和泉が乗り出した。

「どういうことなの、それ？」

「あまり詳しいこと知りませんけど……」

　仲居さんは、ついつい誘われるままに、話し出してしまったことを後悔しているらしかった。

「その記者さんは、捕鯨反対運動の取材に来てはって、お嬢さんと知り合ったのやそうです。言うてみれば、太地の敵みたいな人だったわけですなあ」

「しかし、取材するくらいで、べつに敵視することはないのじゃないかな」

「そうかて、その新聞は捕鯨反対いう、その、何やったかしら……」

「キャンペーンかな？」

「そうそう、キャンペーンを記事にする新聞やったのです。太地湾のイルカの追い込み漁を取材して、アメリカの新聞にまで送って、ほれ、日本のことをえらい悪く書かれたことがあったでしょう」

「ああ、そんなことがあったね。たしか、イルカを何百頭だか、虐殺したとかいう記事だった」

「でも、その記事なら私も読みましたけど」

麻子が言った。

「イルカを港の中に誘い込んで、殴ったり、刺したりして、皆殺しにしたのでしょう。海はイルカの血で真っ赤になって、漁師さんたちも血塗《ちまみ》れだったとかいう……」

「そんなの、オーバーですよ。それはまあ、血が流れている部分だけ写真にすれば、そういうふうに見えへんこともないかもしれないけど」

仲居さんも商売っ気を忘れて、お客との議論も辞さない構えだ。さすがにクジラの町、太地だけのことはある。

「でも、殺したのは事実なのでしょう？　殺したからって、全部食用にできるわけでもないのに……そういうのって、やっぱり外国から見ると、野蛮な行為に見えますよ」

麻子も負けてはいない。

「だけど、イルカは魚を食い荒らして、漁師さんたちの敵なのです」

「そんなのイルカの知ったことじゃないわ。イルカは昔から魚を食べて生きている動物なのだし、人間の勝手でそれを止めるわけにもいかないでしょう」

「それはそうですけど、でも、クジラもイルカもごちゃ混ぜにして、何でも反対いうことを言われたかて、太地で生まれ育ったもんは困ってしまうのです」

「そんなこと言って、結構クジラだって捕っているみたいじゃありませんか。クジラの肉を売ったり食べさせたり……」

「おいおい……」

和泉は麻子を制した。クジラの肉を食べさせたり――と非難しては、この店に気の毒である。

「もうそのくらいでいいだろう。われわれがここで議論したって、どうしようもないことだよ」

「それはそうだけれど……」

麻子はいささか言いすぎかな――と気がさしていた。

「すみません、お客さんに生意気なことを言うたみたいで……」

仲居さんも顔を赤くして、頭を下げた。

「そんなこと……お客も何もありませんよ。その立場立場で、ものの考え方も違うのですものね。私のほうこそ、クジラは食べないし、ここの人たちの悩みだって、本当には理解できっこないくせに、生意気なのかもしれませんわ」

双方痛み分けのようなことでその場は収まり、仲居さんはいったん引っ込んだ。

ところが、デザートを食べ、そろそろ出発しようかというときになって、仲居さんが、恰幅《かっぷく》のいい初老の男を連れて来た。和服姿がしっくりと似合う、いかにも素封家然とした風貌だった。

「あの、こちら、このお店のご主人ですけど、すみませんが、さっきのお嬢さんのお話を、もう一度聞かせて上げていただけないでしょうか」

仲居さんに紹介された男は、「太閤丸店主の大田原良造《おおたわらりょうぞう》と申します」と名乗った。

和泉夫婦はあまり気乗りはしなかったが、父親の気持ちを察して、もう一度、くじらの博物館と岬の道で見た、不思議な女性のことを話して聞かせた。

大田原は終始、膝に手を置き、頷きながら聞いていた。

和泉夫婦の話が終わると、「ありがとうございました」と畳に両手をついて、深々とお辞儀をした。こっちが気がひけるような、大袈裟すぎる丁寧さだ。

「でも、その女の人が本当にお嬢さんかどうか、私は知りませんよ。お写真でも拝見していれば別ですけど」

麻子が当惑して言うと、「あ、そしたら、写真を持って来ます」と大田原は大急ぎで奥から写真を取ってきた。

写真の女性はごくおとなしいスーツ姿であった。かすかに笑っているけれど、理知的な顔はどことなくとっつきにくい印象がある。むろんサングラスはかけていないので、麻子が見た女性との比較は難しかった。

「似ているといえば似ているし、違うといえば違う人みたいですわねえ」

麻子は申し訳なさそうに言って、写真を大田原の手に返した。

「いえ、それはたしかに、私のところの娘に間違いないと思います」

大田原はそう決めてかかっているらしい。

「あそこの岬では、土地の者も含めて、すでに数人が娘を見ておるのです。たぶん、まだあの辺りの海に彷徨《さまよ》うておるのでしょう。何とか早《はよ》う見つけて、供養はしたいと思うておるのですが、なかなか……」

「えっ、とおっしゃると、お嬢さんのご遺体はまだ？……」

「はい、上がっておりません。相手の男のほうはすぐに引き揚げられたのですが……因果なことであります」

大田原は沈痛な面持ちで目を閉じた。

「その男性の死因は何だったのですか？」

「は？……」

大田原は不思議そうに和泉を見た。

「それはもちろん水死でありますが」

「どの辺から海に入ったのですか？」

「はっきりしたことは分からないのだそうですが、男のほうの遺体はあなたさまが通られた岬の沖で発見されました。たぶん筆島《ふでしま》という、太地港の反対側にある岬辺りから飛び込んだのではないかと、警察では言うておりました」

「どうして心中なんかされたのですか？」

「それは……言うてみれば、ロミオとジュリエットですかなあ」

大田原にしてみれば、精一杯のジョークなのだろう。しかし笑おうとした顔は、ただ無様に歪《ゆが》んだだけであった。

「なるほど、クジラ捕りの網元さんと、捕鯨反対キャンペーンの新聞社では、そういうことになりますか」

和泉は納得したように頷いたが、すぐに思い返して、言った。

「ところで、遺書はあったのですか？」

「はい、ございました。さっき申した筆島の岬に、磯の上に石を乗せて置いてあったということでした」

「何て書いてありましたか？」

「娘のには、『こういう形で行くことをお許し下さい』と書いてありました」

「というと、男性のほうも遺書はあったのですか？」

「ございました。私に宛てて、『お嬢さんをいただいて参ります。残念です』といったことが書いてありました」

「残念です……ですか？」

「私の頑迷さが情けなかったのでしょうかなあ。そんなことになるなら、許してやったものを……」

「しかし、その遺書をお聞きした感じでは、遺書というより、なんだか駆け落ちのような文面でもありますね」

「そうですなあ、いっそ駆け落ちでもしてくれていたら——と、どれほど悔やんだことかしれませんのです」

大田原はしょんぼりと肩を落とした。

5

太閤丸を出ようとしたとき、店の前でパトカーが停まった。反射的に和泉はいやな予感を懐《いだ》いた。

パトカーから降りた私服の男が二人、真っ直《まっす》ぐ店にやって来た。三十二、三歳と二十四、五歳の、いずれも真っ黒に日焼けした男だった。見るからに刑事然としている。

刑事たちは店を出かかった和泉夫婦を見ると、いきなり警察手帳を示した。

「失礼ですが、さっきくじらの博物館におられた方ですか？」

年長のほうが訊いた。和泉夫婦の行く先はタクシー会社に問い合わせて調べたにしても、ひと目で見破ったところは、なかなか勘がいい。

「ええ、そうですが」

和泉は頷いた。

「そしたら、人形の背中に銛が刺さっていたのを発見された方ですね？」

「そうです。もっとも、発見したのは私ではなく家内のほうで、その前にもう一人、いわば第一発見者がいたそうですがね」

「えっ、ほかにもおったのですか？　誰ですか、その人は？　奥さんが見てはったのですね？」

刑事は麻子に向けて、訊いた。

「ええそうですけど、でも、その方はすぐに行ってしまわれましたから、はっきりしたことは分かりませんよ」

「男ですか、女ですか？」

「若い女の方です」

麻子は背後の店の人たちを気にして、「外へ出たほうがいいのじゃない？」と和泉に言った。

「そうだね」

和泉は同意したが、刑事は逆に、仲居さんに店の部屋を貸してもらえないか、と交渉している。

結局、小座敷を借りることになって、和泉夫婦はもう一度靴を脱いだ。

麻子が見た女性が「幽霊」らしいと聞いて、刑事は仏頂面をした。

「冗談言ってもらったら、困るのですが」

「冗談じゃありませんよ」

麻子もムッとなって、刑事を睨《にら》みつけた。

「仲居さんが幽霊だって保証してくれましたけど、私は必ずしもそうだとは思いませんよ。幽霊なんて、信じるわけにいきませんものね。けれど、それじゃ何だったのかとなると、分かりません。幽霊ではないっていうのなら、刑事さんが勝手に判断するか、調べるかすればいいことでしょう」

一気に捲《まく》し立てられて、刑事はあっけに取られた。

「女性がトンネルを抜けたところで消えてしまったのは、私もこの目で目撃していますよ。消えた理由は分からないが、家内の言ったことは事実です」

和泉のほうは静かな口調で言った。

刑事は面白くなさそうだが、さりとて反論する根拠もないので、そのときの現場の状況をひととおり聞くと、「それでは」と訊問《じんもん》を打ち切る様子を見せた。

すかさず、和泉は訊いた。

「刑事さん、ちょっとうかがいますが、こちらのお店の娘さんが、一昨年だかに心中したそうですね？」

「ああ、そんなことがありました」

「しかし、娘さんの死体は上がらなかったということですが」

「そのようです」

「さっきの仲居さんの話によると、われわれが見た若い女性というのは、どうやらその娘さんらしいのですが」

「ははは、もういいのです、そのことは」

刑事は、どうでも笑い話で片づけるつもりだ。

「いや、いいことはないでしょう。ひょっとして、娘さんは生きている可能性があるかもしれませんよ」

「生きている？……まさか……生きているのやったら、なんで現れないのです？」

「それはたぶん、復讐のためかもしれませんよ」

「復讐？　何に復讐するのです？」

「恋人を殺した連中にです」

「殺した？……」

二人の刑事は顔を見合わせた。

「ちょっと待ってくれませんか。おたくさん勘違いしてませんか？　ここの娘さんと恋人が死んだのは、あくまでも心中事件であって、殺されたとか、そういうわけではないのですがねえ」

「それではうかがいますが、警察が心中と断定した理由は何ですか？」

「そりゃ、あんた、状況がそうだし、遺書もありましたのでね」

「状況は、単に、男性が水死であることと、遺体に外傷がなかったこと程度でしょう？　遺書にいたっては、あれが明らかに遺書であるとは、到底、断定しがたい内容ではありませんか」

刑事は視線を上に向けて、遺書の内容を思い出している。

「しかし、岩の上にきちんと遺書が置いてあったのですからなあ。どう考えたって、あれは明らかに遺書でしょう」

「なるほど」

和泉はニヤニヤ笑って、若いほうの刑事に向かって言った。

「そうすると、あなたが誰かに宛てて別れの手紙を書いたものを、私が悪用して、あなたを海に突き落として、岩の上にその手紙を置いておけば、あなたは立派な自殺者になれるというわけですか」

「そういうことはあり得ません」

若い刑事はむきになって反論した。

「だいたい自分は手紙を書くのが嫌いだし、それに、彼女を捨てるような真似は絶対にせんのです」

「おい」と先輩の刑事が小声で注意した。

「問題の性質が、ちょっと違うけどな」

「そうでしょうか？……」

若い刑事は黙った。

「なるほど、たしかにおたくさんの言うことも一理あるようですが、しかし事件は心中として処理されておることも事実です」

年配の刑事はそれなりにしっかりしているらしい。

「自分らは単に現場の捜査に携わっただけで、最終的な判断は上のほうでしたことですし、ここでその件について話しているわけにはいきません。目下の問題は、あくまでも、くじらの博物館にいたずらを施した事件の捜査であります」

「しかし、その事件に、われわれが目撃した女性が関係している可能性があるわけでしょう。つまり、ここの娘さんの幽霊です。ということは、取りも直さず心中事件に関わってくるし、ことによると、森浦で遠畑さんという男の人が殺された事件も関係があるのかもしれませんよ」

「えっ、おたくさん、その事件のことも知っているのですか？」

「ええ、知っています。しかも、その事件というのは、被害者の背中に銛が突き刺さっていたのだそうじゃないですか。まるで博物館の人形そっくりですねえ」

「……」

二人の刑事はまた顔を見合わせた。

「どうなのでしょうか、その事件の捜査は進んでいるのですか？」

和泉に煽《あお》られるような恰好で、刑事は腰を浮かせた。

「いや、まだですが……しかし、その事件と心中事件とは関係ありません。では自分らはこれで……」

「ちょっと待ってくれませんか。それじゃ訊きますが、人形の背中に銛が刺さっていた事件との関係はどうお考えですか？」

「いや、とにかくあれです、あなた方が事件に関係ないことが分かれば、われわれの役目は完了しましたので、どうぞお引き取りいただいて結構です」

年配のほうの刑事が部下を「おい、行こうか」と促して、まるで逃げるようにそそくさと店を出て行った。

「なんだ、だらしのない刑事だな」

和泉は不完全燃焼のような物足りない気分だ。

「でも容疑が晴れたみたいですから、いいじゃありませんか。それに、警察相手に文句を言っても仕方がないでしょう」

麻子は笑いながら言った。

刑事たちよりしばらく遅れて、二人が部屋を出ようとしたとき、大田原が現れて、「すみませんが、少々お待ちください」と、夫婦を部屋の中に押し戻した。

「失礼かとは思いましたが、ちょっと小耳に挟んでしまいまして、あの、お客さんは何ですか、娘は死んでいないとかおっしゃっておられたそうで……」

「ああ……」

和泉は真剣そのもののような大田原の顔を見て、余計なことを言った——と後悔した。

「それに、何やら、復讐がどうしたとかも言われたようで……それはどういう意味なのでありましょうかな？」

返答しだいでは、考えがある——とでも言いたそうな、思いつめた目がこっちを睨んでいた。

「弱りましたねえ……」

和泉はそう言ったが、心底、困ったことになったとも思わなかった。もともと、暇つぶしのようなフルムーン旅行である。こういうトラブルにぶつかったほうが、充実していると言えなくもない。

「それではご主人にうかがいますが」と、和泉は逆に質問をした。「その事件があった際、ご主人は娘さんと恋人の方が、本当に心中したとお考えだったのですか？」

「………」

大田原はたじろいで、背中を反らした。それからはげしく首を横に振った。その後から言葉がついて出た。

「いいや、とんでもない、私は娘をそんなあほな女に育てたつもりはありません。警察は心中だと結論づけましたが、私は絶対にそんなことは認めたくもなかったですよ」

「いや、認めたくないかどうかではなく、心中だと思ったか、それとも心中であるはずはないと思ったか、そのどちらですか？」

「それはもちろん、後のほうです。娘は自殺なんぞするはずがないのです」

「しかし、結局は心中を認めるかたちになったのでしょう？」

「……それは、警察がそう言うものを、素人のわれわれが否定することはできませんのでな」

「とおっしゃると、本心では、いまでも心中ではないと？」

「思っとります、思って、後悔もしております。なんであのとき、もっと警察に頼んで調べてもらわなんだのか、残念で残念でなりません」

「心中や自殺でないとすると、何だとお考えですか？」

「は？……」

「心中でも自殺でもないとすると、お嬢さんは事故で亡くなったのですか？」

「いいや、とんでもない！……」

「では殺されたのですね？」

「そ、それは……そこまでは……いや、私にはよく分かりませんが……」

「なぜですか、なぜ分からないのですか。心中でも自殺でも事故でも、もちろん病気でもなしに、突然、お嬢さんが亡くなったのならば、それは何者かに殺害された——それしかないじゃありませんか。何を躊躇《ちゅうちょ》しているのですか」

和泉は強い口調で叱咤《しった》した。

「はあ……確かに……」

大田原は額の汗を掌《てのひら》で拭った。

「……しかし、何といっても警察が……」

「警察など問題ではない。あなた自身がどう信じるかです。そうでなければ、お嬢さんが亡くなった事件の真相は、永久に海の底に沈んだままになりますよ」

「海の底……」

大田原は愕然として顔を上げた。太地の海の底にいまも眠っているであろう、わが娘のことを思い浮かべたに違いない。

6

その夜の宿は、当初の予定では白浜温泉のはずだったのが、大田原のたっての希望で、太地の大田原が経営する旅館に泊まることになった。

もともと和泉夫婦のフルムーンは、行きあたりばったり、予約なしの旅だから、ホテルをキャンセルするとかいった面倒がなくてすむ。

それに、大田原が何がなんでも引き止める——と強硬で、その代わり一夜の宿を提供したいと固執するので、それなら——とありがたく泊めていただくことにした。

もっとも、泊めていただくについては交換条件があるのも承知の上だ。

大田原は和泉夫妻が旅館の部屋に入って、束《つか》の間《ま》の寛ぎを取る間もなく、「お邪魔いたします」とやってきた。今度は夫人を伴っている。夫人も初老といっていい年代だ。

心労のせいか面窶《おもやつ》れが目立って、むしろ亭主よりは歳が上に見えるほどだ。

「じつは、娘が心中したはずはないと言うておったのは、私よりも女房のほうでありまして」

大田原は夫人を紹介する際に、そう解説を加えた。

「それで、先生がおっしゃることを聞かせましたところ、ぜひともお目にかかりたいと申すので、お連れさせていただきました」

和泉は泊めてもらうことが決まった後、大田原にせがまれて名刺を渡す羽目になった。法学部教授の肩書を見ると、大田原は仰天して、いっそうの信頼をかちえたのはいいけれど、以後、言葉つきも態度もばか丁寧になったのには参った。

大学の教授など、ろくなものでない——などと、日頃から人にも言い、われにも言い聞かせている和泉としては、尻の穴がムズムズして仕方がなかった。

「ところで」と、和泉は、そう安いとは思えない宿泊代の手前もあるし、自分自身の好奇心を満足させたい気持ちもあって、早速「仕事」にとりかかることにした。

「ご両親とも、お嬢さんと、その彼との結婚には、絶対反対だったのですね？」

「それは……たしかに反対しました」

大田原は憮然《ぶぜん》として言った。

「それでなくても、相手の男は新聞記者で、太地のクジラ捕りを攻撃するキャンペーンのための取材をやっとりましたので、こっちとしては頭にきとったのです。その上に娘まで攫《さら》われてたまるかいう気持ちでした」

「しかし、そういう男性が、どういうきっかけで、こちらのお嬢さんと付き合うようになったのですか？」

「それがどうも、よう分からんのです。東京の者は油断がなら……あ、いや、先生はべつでありますが」

大田原は慌てて弁解して、「いつの間に付き合うようになったものか、気がついたときには、町の噂になっとったようで、知らぬは親ばかしだったのでした」

大田原の話によると、相手の男はいまどき珍しいほどの一本気な青年で、敵の本陣ともいうべき大田原家に乗り込んで、直接、お嬢さんを嫁にいただきたい——と申し込んだのだそうだ。

大田原はもちろんけんもほろろに撃退したのだが、じつはそのときすでに、娘は妊娠していたらしい。

そのことを知って、母親のほうは大田原に二人の仲を許すよう取りなしたのだが、大田原はかえって激怒して、新聞社を告訴する——とまで、話がエスカレートした。

その矢先の「心中」だったのである。

よくある話——といってしまえばそれまでだが、しかし、いまどきそういう原因での心中はむしろ珍しいのかもしれない。

その心中事件以後、新聞社はクジラ保護キャンペーンを中止、太地町から完全に撤退した。大田原のお嬢さんは、身を捨てて太地を守った——などと賛美する声も聞かれたのだそうだ。

「太地いう町は少しよそとは変わっておりまして」

大田原は照れ臭そうな笑みを浮かべながら言った。

「地図を見ていただくと分かりますが、太地の周りは全部、那智勝浦《なちかつうら》町です。ちっぽけな太地の岬だけが、取り残されたみたいに、独立しておるのであります。昭和三十年ごろに町村合併がさかんだったのにも背を向けて、太地はどことも一緒にならんかったのです。こういう太地の独自性いいますか、ほかから見れば協調性のなさといいますか、それは昔、和歌山藩の鯨方《くじらかた》であった当時のプライドをいまも引き継いでおるためやないかと思っておりますが、事実、太地の方言は周辺地域といささか違いまして、そのことだけを取り上げてみても、太地がこの地方の異端であったことを物語っておるのです」

うに思えた。
大田原は太地の歴史を熱心に語った。それは誇り高きクジラ捕りの血がそうさせるよ

江戸時代、クジラ一頭は七十両だったそうだ。クジラ一頭七浦を潤す――といわれた
ころのことだ、太地では年間約百頭ものクジラを捕獲していたから、それだけでも太地
の網元や漁師たちのプライドの高さを推測できる。
その太地の古式捕鯨が壊滅したのは明治十一年十二月二十四日のことである。
その日、南海上にセミクジラを発見した太地の鯨船は、全隻が出動した。この時季、
クジラは子持ちだった。古老の何人かは祟《たた》りを恐れて、漁を中止するように勧告したの
だが、しばらく不漁つづきだったこともあって、制止することができなかった。
漁は快調で、船は子持ちクジラであふれる勢いだった。船団が大漁旗を立てて、勇躍、
太地港へと引き揚げを開始したとき、まさに一天にわかにかき曇り、大暴風雨が襲来し、
船団は全滅、ただの一隻も帰還しなかったのである。
死者一一一名――と記録されている。人命も船も漁具も、すべてが海の藻屑と消え去
った。
それ以後、長いあいだ太地は苦難の時を過ごした。台地上のちっぽけな平地を開墾し
て、慣れない農業を営み、細々と生き永らえているような時期もあった。

しかし、やがて近代クジラ漁が始まると、太地が築き上げた漁法のノウハウが、そのまま役に立った。太地出身のクジラ捕りが南氷洋へ向かう船団に大勢乗り込んだ。

また、太地独特の快速船を使った太地湾への追い込み漁で、イルカや小型のクジラを捕獲する漁も盛んに行われ、太地はふたたびクジラの町として脚光を浴びるようになったのである。

だが、それも長くは続かなかった。世界的な捕鯨禁止の趨勢《すうせい》によって、太地のささやかな沿岸捕鯨は打ちのめされた。

「もはや気息えんえんたる状態ですからなあ。それを、首吊りの足を引っ張るように、新聞社がやってこんでもいいと思うのですが、それだけに、記者に対する憎しみが深かったのは、私だけではありません。まして、仕事のついでのように、自慢の娘にちょっかいを出されたのでは、正直言うて、殺してやりたいと思ったものです」

「ほほう、殺してやりたい――ですか」

和泉は皮肉な目を大田原に向けた。

「え？　あ、いや、殺したいというのは言葉のあやでありますよ」

大田原は慌てて訂正した。

「しかし、現実に彼を殺したいと思った人間はほかにもいるのではありませんか？」

和泉は訊いた。

「たとえば、お嬢さんに好意を寄せていた男性はどうでしょうか。太地の町には、誰か恋人はいなかったのですか?」

「大勢いらしたに決まってますよ」と麻子は言った。

「ほんとうにお美しいお嬢さんですもの。さぞかし憧れた男性も多かったのじゃないかしら」

「さようですなあ、たしかに、近郷近在から、娘をうちの嫁にと言ってくるところは多かったと思います」

大田原は感慨を込めて、言った。

「娘からは聞いたことがありませんが、たぶん、交際を申し込んでくる男も少なくなかったのではないでしょうか」

「森浦の遠畑さんの息子さんは、いかがでしたか?」

「えっ……」

大田原はそっくり返りそうになるほど、背筋を伸ばし、目を丸くした。

「ようご存じでありますなあ……」

「ええ、さっき刑事さんから、その事件のことをお聞きしましてね」

和泉はケロッと嘘をついた。

「ちょうど歳恰好もいいので、もしかしたら——と思ったのです。じゃあ、やっぱり遠畑さんも申し込んで断られたクチですか」

「はあ、そのように聞いておりました」

「というと、お嬢さんに直接申し込んで断られたわけですか。それはショックがきつかったでしょうねえ。その上、東京者と心中までされてしまった……しかし、それで世を儚《はかな》んで自殺するのなら分かりますが、殺されてしまったのでは、踏んだり蹴ったりではありませんか」

「はあ、まったく……」

大田原は和泉教授が何を言い出すのか——と、不安そうな表情だ。

「ところで、ご両親としては、いまでもその新聞記者さんを憎んでおいでですか?」

「いいえ、憎んでなどおりません。頑固だったことを後悔しておるだけで。それに、さっきも申しましたとおり、あれは心中ではないと思っておりましたし、先生がおっしゃったように、何者かによって殺されたのであれば、なおのこと不憫《ふびん》で……それは相手の青年についてもまったく同じ気持ちでございます。おまえもそうだな?」

大田原に訊かれて、夫人も二度三度と、大きく頷いた。

7

夕食のお膳に問題のクジラが出た。馬刺のような赤身に少し霜降りがかかったような、見るからに美味そうな刺身だった。

「あら、これは何のお刺身？」

麻子は箸の先でつつきながら、給仕の女性に訊いた。

「それは尾身です」

「ふーん、オミっていうの……」

麻子は刺身にしょうが醤油をつけて、口に入れた。

「ふーん、美味《おい》しいわねえ。オミって、どんなお魚かしら？」

「あの、お魚ではなくて、クジラですけど。クジラのいちばん美味しい肉です」

「えっ……」

麻子の全身が硬直してしまった。いまさら吐き出すわけにもいかず、さりとて食道から胃壁へと、固形物が嚥下《えんか》されてゆくのを、目を白黒させて我慢している。

「ははは、そんなに驚くことはないだろう。なかなか美味かったんじゃないかい」

「あなた……ご存じだったのね。なんということを……」

恨めしそうに夫を睨んだ。

「これは調査捕鯨の分を配給されたものだそうだよ。そう気にしないで、太地の食文化を味わうことにしようじゃないか」

「いやですよ。私はあなたのそういう、突然物分かりがよくなるところだけは許せないのです。ほんとに、男って狡《ずる》いわねえ」

「まあまあ、そう怒らない。戦後はこのクジラ肉のお蔭《かげ》で、わが日本国民は生き延びることができたのだからね。たまにはその苦難の時代を偲《しの》ぶために、昔の食生活を体験するのも悪くないと思うよ」

和泉はまったく男の勝手を地でゆくように、麻子のお膳の分まで、クジラの刺身を堪能した。そうして、完全に平らげたあと、御馳走さまを言う代わりに、「しかしやっぱり、あの可愛らしいクジラを食うというのは、罪悪感が伴うなあ……」と言った。

お給仕の女性は夫婦のやり取りがおかしいと言って、ケラケラ笑った。

「今日のお客は僕たちだけみたいだね」

彼女があまり呑気そうなので、和泉は訊いてみた。

「いえ、もうお一人、女のお客さまがいらっしゃいますけど」

「ふーん、女性の一人客ですか」

「はい、お若い方で、もう何度もおみえになっているお馴染みさんなのです」

「そうなの……しかし、ぜんぜんお客がいる気配はないけどなあ」

もともと割烹旅館だから、あまり広くもなく、座敷の数も多くはなさそうだ。

「どの部屋にいるのだろう？」

「あなた、いいかげんになさいな」

麻子が呆れて、窘《たしな》めた。

「ん？　ばかだな、何を考えているんだ。若い女性の一人客から、連想するものがあるからじゃないか」

「連想するって……」

麻子は問いかけて、（あっ——）という顔になった。

「そういえばそうねえ、どこのお部屋にいらっしゃるの？」

麻子のほうが積極的に訊いた。

「いちばん奥のお部屋です。お食事は当館のご家族の方と一緒になさるのです」

「そう……いいわねえ、つまり、家族同然のお付き合いっていうことね」

和泉夫婦は顔を見合わせた。

「おねえさんは太地の出身？」

和泉が訊いた。

「はい、ここで生まれてここで育って、修学旅行とあと三回、家族で旅行した以外、どこへも行ったことがないのです」

「じゃあ、太地のことについては詳しいと思うけど、あそこの岬のトンネルね、あのトンネルを抜けたところから山のほうへ登る道はあるの？」

「ええ、ありますけど、でもいまは草がボウボウで、ふつうの人は登りません。あそこは昔、クジラを観測するやぐらがあったところで、小さなお堂が建っています」

「お堂って、神様？」

「さあ、知りませんけど、クジラ捕りで遭難した人の魂を祀ったお堂じゃないかと思いますけど」

「なるほどねえ……ところで、つかぬことを訊くけど、大田原さんの息子さんはくじらの博物館に勤めているのじゃない？」

「ええ、いちばん下の息子さんが勤めてますけど」

「そうですか、それはいいなあ」

和泉は喜んでいるが麻子には何がいいのか分からなかった。

食事がすんで、お給仕の女性がいなくなるのを待ち兼ねたように、麻子は訊いた。

「ねえ、何かまた分かったことがあるの？　その一人のお客さんて、あの女の人なの？」

「それはどうか知らないがね。ただ一つ気になったのは、大田原氏が、われわれが岬で見た女性のことを、何がなんでも娘さんの幽霊だと主張しただろう。あれ、ちょっと異常すぎる思い込みだと思わなかったかい？」

「異常すぎるって……だって、幽霊がいるなんて考えること自体、異常なんですもの。そんなこと言ったら、私たちだって異常じゃないですか」

「いや、われわれの場合は、ある程度、お遊びのニュアンスがあるじゃないか。たとえばUFOを見たとか、その手のたぐいだ。そこへゆくと、大田原氏は断じてあれは幽霊である――と決めつけたがっていた」

「ふーん、そうなの？……だけど、そのことにどういう意味があるのかしら？」

「決まっているだろう。あれが幽霊だとしたら、岬でわれわれが会った女性は実在しないことになる」

「そうよ、そうだわ、だから幽霊なんじゃありませんか」

「しようがねえなあ、きみまで混乱していちゃ……どうも女性は単細胞なところがあるねえ」

「まあ失礼な！　そんなことを言うから、あなたは女性にモテないのですよ」

「それはまあ、認識不足というものだが、そんなことはどうでもいい。それでは訊くが、かりにだよ、あの女性が幽霊ではないとすると、どういうことになる？」

「？……」

「幽霊でないとすると、彼女がトンネルを出たところで忽然《こつぜん》と消えた理由は二つしか考えられない。一つは海に潜ったか、もう一つは山に登ったか——だ。海に潜るほうは、あとが大変だから、まず山へ登ったほうだと思っていいだろう。ということは、彼女は充分すぎるほど土地鑑のある人間だ。その土地鑑のある人間が、しつこいくらい時間をかけて博物館にいたこと——しかも、あの異様な出来事を職員に告げようともしないのは、それこそかなり異常な行動といっていい。しかしまあ、そのことは措《お》くとして、彼女はいったい何の目的で山へ登ったのか。あの山には何があるのか？……」

「だから、それはお堂があるって……」

「そう、お堂だ。クジラ捕りの霊魂を祀ったお堂だ。そこにはたぶん古式捕鯨で使った銛なんかも奉納されていたことだろう」

「えっ……」

麻子はようやく和泉の言いたいことが分かって、ギョッとなった。

「じゃあ、そこにあった銛を使って、殺人を？……」

声をひそめて言った。

「その可能性があるね」

「でも、どうしてそんなことを？　誰なの、あの女性は？」

「僕の推測でしかないが、新聞記者の青年には姉妹がいたのではないだろうか？」

「えっ……」

「もし彼女がそうだとしたら、大田原家で厚遇するのも頷けるよ」

「でも、どうして？……いえ、かりにその女性が新聞記者の姉妹だとしてもよ、どうして殺人を犯したりしたの？」

「もちろん復讐に決まっているじゃないか。警察は心中で片づけてしまった。頼りにならない以上、復讐は自分の手で行うしかないと思いつめたのだろうね」

「その復讐の相手が、遠畑とかいう人だったの？」

「ああ、一人目はね」

「えっ、じゃあ、まだいるってこと？」

「そうだよ、だから今日、博物館でパフォーマンスをやらかした」

「だけど、警察でも分からなかったのに、どうして遠畑さんを犯人だと?……」

「おそらく、身を捨てて探り当てたのじゃないかな。遠畑氏がどんな男か知らないが、調子に乗ってポロッと旧悪をバラしたことは考えられなくもない」

「まあ……」

麻子は痛ましそうに眉をひそめた。

「あの心中事件をでっち上げたのは一人の犯行ではないだろう。少なくとももう一人、共犯者がいるね。そいつに対して、復讐の銛をぶち込むつもりだよ、彼女は」

和泉はまるで、その成功を願うような言い方をした。

8

賄いと仲居さんたちが引き揚げるのは、午後九時であった。お客が立て込んでいるような、特別な場合を除くと、これがこの旅館のしきたりだそうだ。今夜はことに客が少ないためなのだろう、従業員がいなくなると、建物の中はシーンと静まり返って、どこかで水のポトポトと垂れる音が最大の騒音のように聞こえた。

和泉は誰もいなくなったのをみすまして、浴衣姿のまま、旅館の奥、住居部分の方角へ行ってみることにした。

廊下は常夜燈があるので、結構明るい。しかし、人気《ひとけ》のない和風旅館の夜というのは、いささか寂しすぎる。和泉はさほど臆病なほうではないけれど、窓の外で庭木の枝が風に揺れるのに驚かされたりもした。

廊下の突き当たり付近で、ひそやかな話し声がした。誰か出てくる気配がある。和泉はとっさに、物置か蒲団《ふとん》部屋のような小部屋の木製のドアを開け、中に入り込んで、息をひそめた。

「どうしても、やるの？」

若い男の声であった。それに答える声は聞こえない。

「もう、やめてもいいんじゃないの？」

「私はやります」

若い女性の、低いが、りんとした声だ。

足音が近づいてくる。和泉は細く開けた襖《ふすま》の隙間から、さらに奥へ引き下がって、暗がりの中に身を縮めた。

ほんの一瞬だが、わずかな視界にスッと銛の先が見えたかと思うと、若い男と女が相次いで廊下を通って行った。銛は男の手にあった。彼が実行者なのか、それとも現場までは彼が持って行く役目なのか、話の様子からだと、女性のほうに主体性があるように思えるが、いずれにしても、二人は共犯関係であることは、はっきりしている。

和泉は小部屋を出ると、足音を忍ばせて二人の後を追った。玄関で靴を履くのに手間取ることが分かっているから、べつに急ぐ必要はない。

二人の若者は黙々と靴を履いていた。

和泉はわざと廊下に足音を響かせ、ついでに「あーあ」と大きな欠伸《あくび》をしながら玄関に出た。

青年が慌てて銛を隠すのが見えた。

「やあ、お出かけですか」

二人は上がり框《かまち》に腰をかけている。和泉はそのあいだに割って入るようにしゃがみ込んだ。

青年は非難するような目を和泉に向けたが、女性は顔を背けていた。

「これからお出かけというのは、夜釣りですか?」

和泉はのんびりした口調で話しかけた。

「あれ? その銛があるところを見ると、クジラでも突きに行くのかな? ははは……そういえば、僕も子供のころ、カーバイドの明かりで川にハヤを突きに行ったものです。

しかし、夜の海は危険です。気をつけたほうがいい。でないと、その銛で背中を突き刺すようなことが起こりかねませんよ」

二人は動かなくなった。いや、動けなくなった——というべきかもしれない。

(殺意は？——)と和泉は警戒したが、その気配は感じ取れなかった。かりにあったとしても、和泉に逃げる気はない。

「警察は」と和泉は言ってみた。二人の肩がピクッとするのが分かった。

「時として、警察は杜撰《ずさん》な捜査をすることもあるものです。しかし、同じ犯罪を二度まで見逃すことはない。一度だけのデータでは判断できないけれど、二度重なるデータをちゃんと読み取る能力はありますからね」

長い沈黙が流れた。

若い二人の、スニーカーの紐《ひも》を結ぶ手は、硬直したままになっている。

「さてと……」

和泉は立ち上がった。

「クジラの池のほとりを通って思いましたが、復讐のために殺戮をするのは、人間だけかもしれませんね。それが高等動物のあかしというものでしょうかなあ」

そう言うと、和泉は二人に背を向けて、階段を上がって行った。

どこかの窓を閉め忘れたのか、太地の海の香りが流れてきた。

龍神の女《ひと》

1

運転手が「うるさいな」と呟いたので、麻子は驚いてお喋りを中断した。

「まったく、しつこい」

運転手はさらにそう言った。

「ごめんなさい、あまりいい景色だものだから、ついはしゃいでしまって」

麻子は鼻白んで、運転手の背中に向けて、きつい口調で詫《わ》びを言った。

「は？　あ、いや、奥さんのことを言うたんと違いますがな」

運転手は慌てて、ハンドルから離した右手を振った。

「そうやなくて、後ろの車のことですがな」

和泉と麻子は背後に首をねじった。タクシーの後ろに、白っぽい乗用車が異常に接近してついてくる。どうやら追い越しをさせるよう、強要しているらしい。

「まったく、こんな山坂で、あないに急いだかて、どうもならんのに」

そう言いながらも、運転手は逆らってもしようがないと思ったのか、道路の幅がいくぶん広くなったところで車を端に寄せて、スピードを落とした。

その脇を白い車が威勢よく追い抜いて行った。和泉も麻子も、どんな人種が運転しているのか……と、その車の中を覗いた。

ドライバーは女性だった。ほかに同乗者はいない。サングラスをかけていたし、ほんの一瞬、チラッと横顔を見ただけだから、はっきりしたことは分からなかったが、中年というにはまだ若すぎるような、なかなかの美人のように思えた。

「なんや、女の運転やないか」

運転手は呆れたようにハンドルを叩いた。女ごときに追い抜かれたのが面白くない……とでも言いたげだ。

タクシーはそれほどゆっくり走っていたわけではない。しかし、屈曲の多い山道で客を乗せているだけに、あまり揺れてはいけないと思っているのだろう。追い抜いて行った車ほどには飛ばせないことはたしかだ。女性の運転する車は、カーブや起伏ごとに見え隠れしながら、みるみるうちに距離をひろげ、やがて見えなくなった。

「まったく、近頃の女は男みたいな運転をしくさる」

運転手は悪態をついて、ようやく平常心を取り戻したらしい。「ほんまにええ景色でっしゃろ」と、麻子に世辞を言った。

南紀田辺《なんきたなべ》から龍神《りゅうじん》への道は、標高七百メートルあまりの虎ヶ峰《とらがみね》峠を越える急峻《きゅうしゅん》な難路である。白浜温泉の宿を出るときに、運転手が「お客さん、少しきついですよって、気分悪うなったら、いつでも言うてください」と親切に言ってくれた。さいわい、和泉夫婦は乗り物には強い体質だったから、むしろ、ぐんぐん高度を上げるごとに展開する壮大なパノラマに、大満足であった。

峠付近の尾根伝いの道では、南に遠く太平洋を、東と北に紀州《きしゅう》や大和《やまと》の山々が幾重にも連なるさまを望める。和泉夫婦はしばらく車を停《と》めてもらって、その風景を堪能した。

峠を越えると龍神村。谷底のような狭い平地で、御坊《ごぼう》方面から来る龍神街道にぶつかる。目指す龍神温泉へは、そこから日高川《ひだか》沿いの道を源流に向かって遡《さかのぼ》ることになる。日高川は能の演目の「道成寺《どうじょうじ》」で知られているように、安珍《あんちん》を慕う清姫《きよひめ》が、蛇に変身して渡った川だが、有吉佐和子《ありよしさわこ》の小説『日高川《ひだかがわ》』であまりにも有名だ。彼女は執筆にかかる前に龍神温泉を訪れ、そこの宿に取材した。『日高川』のヒロインは、龍神温泉の旅館・上ノ御殿の女主人だといわれている。

麻子は、南紀旅行の最後に、龍神温泉へ行くことを、強く望んだ。

「有吉佐和子は女性の本質にある、はげしいものを、激流の日高川になぞらえて描いたのだそうですよ」

そう言って、何やら意味深長な目で夫を眺めたものだ。日頃はおとなしくしているけれど、私の本質は日高川のごとくはげしく、蛇のごとく陰湿だ――とでも言い出しかねない顔であった。和泉は閉口して、彼女の希望に沿って、旅行プランの中に龍神行きを加えることにした。

龍神温泉は谷間の小さな集落であった。集落を迂回する国道と分かれて、細い旧道に入るとまもなく、左右にいくつかの宿が立ち並ぶ。左側の二つの旅館がひときわ大きく、その奥のほうの、まるで時代劇にでも出てきそうな、格子窓のはまった古い建物が、「上ノ御殿」と呼ばれる、かつて紀州徳川《とくがわ》家の宿であったところだ。上ノ御殿に対して、手前のやや小ぶりの旅館を「下ノ御殿」という。

和泉夫婦は上ノ御殿に宿を予約していた。車が停まる音を聞きつけたのか、格子戸の中から二人の女性が出てきた。ふっくらとした笑顔が、いかにも品のいい老婦人と、彼女をそのまま二、三十歳若くすれば、こういう雰囲気になりそうだと思えるような、中年の女性である。

「ようお越しなされました」

二人の女性はそう言うと、丁寧に頭を下げ、和泉夫婦の手から荷物を受け取った。

さすが、紀州公の宿であっただけに、玄関から式台、畳敷きの広間、廊下と、すべてが鷹揚《おうよう》な造りになっている。一見、簡素のようだが、じつは材質や細工に気配りがゆきとどいていることが分かる。座敷も古い武家好みを思わせるような、床の間つきの部屋であった。

「やっぱり、こういうお部屋、落ち着いていいわねえ」

床の間を背にして、分厚い座蒲団に鎮座した夫をしげしげと眺めて、麻子はいたく満足の態《てい》である。

窓の外から渓流の水音が聞こえてくる。覗くとすぐ目の下が谷川で、濃密な緑の底に、白い瀬が見えている。

「ねえあなた、不思議だと思わない？」

麻子が声をひそめるようにして、言った。

「水の音があんなに騒がしいのに、こうしていると、なんだか、異常なくらいに静かな感じがするわ」

「ああ、そうだねえ」

和泉は気のなさそうな返事をしたが、麻子の言う不思議さは感じていた。耳元ではたえずザワザワと瀬音《せおと》が鳴っているにもかかわらず、建物の遠くで針が落ちる音さえ聞こえそうな、透明な静寂が、たしかに共存していると思った。

シュッシュッと廊下に足を滑らせるような音が近づいて、「ごめんくださいませ」と、宿の女性がお茶を運んできた。最前、玄関前に出迎えた若いほうの女性で、そのときの様子や、お仕着せでない、上等な和服を着ていることから見て、どうやらこの宿の若夫人らしい。和泉が不躾《ぶしつけ》を承知で確かめると、「はい、そうです」と恥ずかしそうに頷いた。

「この土地の人ですか？」

「いいえ、和歌山市のほうから嫁に参りました」

「ほう、それじゃ、もちろん恋愛結婚でしょうね」

「ほほほ……」

若夫人は答えずに笑った。

「いやねえ、あなた、そんなこと訊くものじゃありませんよ」

麻子に窘められて、和泉は「そうですな、失礼」と詫びた。

しかし、和歌山市辺りからこの山奥の湯の宿に嫁入りするという状況が、どんなきっかけで生じるものか、興味はあった。

「きみだったら、どうする？」

若夫人が引き下がって行ったあとで、和泉は麻子に訊いた。

「どうするって、何が？」

「だからさ、惚《ほ》れられるか惚れるかすれば、こんなところにでも嫁に来るものかどうかということだよ」

「悪いわよ、こんなところだなんて」

麻子はそう言ったものの、首をかしげて、

「私なら来ないわね、たぶん」と言った。

「それ見ろ、やっぱり興味があることになるじゃないか」

「何を言ってるんですか、ばかばかしい」

麻子は呆れて、笑った。

2

宿に着いて、ひと風呂浴びているうちに、陽《ひ》が山の端に沈んで、とたんに、窓の外は夕暮れの風景になった。

夕食の時間も早い。ふだんなら、まだ大学からの帰宅途中にあるような時刻に、座敷のテーブルには料理が並べられた。「猪鹿鳥料理《いのしかちょう》」と呼ぶ、なんだか花札のような名称のついた、キジ鍋とシカの刺身、それに鮎やアメノウオの川魚料理、山菜料理、そのほか……といった具合に、谷間の温泉宿らしい料理づくしであった。

腹がくちくなり、アルコールも効いて、食事のあと、和泉はねむけを催した。麻子は「あなたもお歳だわねえ」と言いながら、膳を下げに来た女中さんを頼んで、蒲団を敷いてもらった。

和泉が少しまどろんでいるあいだ、麻子は湯に浸かりに行った。和泉が物音に目覚めると、鏡に向かってしきりに肌の手入れをしている、麻子の姿が見えた。

「ふーん、こうして見ると、きみもまだ捨てたもんじゃないな」

和泉は大発見したように言った。

「やあねえ、いつの間に起きたの？　女が化粧するところなんか、見るものじゃありませんよ」

麻子は急いで、クリームで光った顔を、向こうに向けた。

「松岡のやつが、露天風呂を勧めていたな。入ってみたかい？」

「いやですよ、そんなところ。殿方が入ってきたら困ってしまう」

「ふーん、混浴なのか。それじゃ、僕がためしに行ってみる」

「ばかねえ、期待して行ったたって、がっかりするだけよ、きっと」

和泉が蒲団を抜け出したとき、「失礼いたします」と宿の若夫人の声がした。襖を開けると、若夫人は廊下に跪《ひざまず》き、浮かない顔をして和泉を見上げた。

「あの、お客さまに警察の方がお会いしたいと……」

「警察？……」

「はあ、ちょっとお話をお聞きしたいとか言うておられますけど、お連れしてもよろしいでしょうか？」

「ふーん、警察が何だろう？……しかしまあ、逃げ隠れするわけにはいかないでしょう。どうぞ連れてきてください」

法律をやっているだけに、警察に知り合いが多いけれど、この山奥まで来て、警察の人間と会うとは予想していなかった。

客の警察官は三十歳ぐらいの痩せ型の男とそれよりは三、四歳は若そうな、いずれも私服の二人連れであった。名刺をくれた年長のほうが高島秀司《たかしましゆうじ》という部長刑事で、質問はもっぱら高島がして、部下の刑事は終始黙って、彼の背後でメモを取っている。

高島部長刑事は「どうもお休みのところ、恐縮であります」と、あまり恐縮もしていないような顔で言った。

「早速、用件を申し上げますが、えーと、おたくさんはたしか、白浜からタクシーを利用されましたね？」

「ええ、そうですよ。それがどうかしましたか？」

「じつはですね、ここへ来る途中に虎ヶ峰峠というところがあるのですが」

「ああ、知ってますよ。景色がすばらしかったですから」

「その虎ヶ峰峠を越えて少し来たところで、車の転落事故があったのです」

「転落事故？　というと、あの崖から落ちたのですか？」

「そうです」

「じゃあ、やっぱり、あの女性が……」

和泉は麻子と顔を見合わせた。

「ん？　あの女性といいますと？」

高島は怪訝そうに問い返した。

「われわれの車をものすごい勢いで追い越して行ったもので、ずいぶん無謀な運転をするなと思っていたものですからね。それじゃ、あの直後に落ちたのですかねえ」

「いや、そうじゃなくて」

刑事は手を振った。

「落ちたのはタクシーですよ。おたくさんたちが乗っておられた」

「えーっ……」

和泉はあっけに取られて、ふたたび麻子と顔を見合わせた。

「それじゃ、あのタクシー……驚きましたねえ」

「それで、あの運転手さん、亡くなったんですか?」

麻子は悲痛な声を発した。

「死にました」

高島部長刑事は冷たい口調で言った。

「おたくさんたちも越えて来られたので、ご承知かと思いますが、あの辺りはえらい難所であることは事実です。しかし、ベテランの運転手であれば、どうということはないので、なぜ事故を起こしたものか……とにかく、断崖みたいなところで転落したもんで、まあ即死の状態だったようです」

「われわれを送った帰り道に事故を起こしたのですか?」

「時間帯から推定して、おそらくそういうことになるでしょう」

「しかし、いったい彼がどうして?……われわれを乗せているときは、ずいぶん安全運転していたように思えますがねえ。ひょっとすると居眠りですか?」

「いや、それがそうではなさそうでしてね」

高島は首を横に振った。

「われわれの調べでも、道路にブレーキをかけた形跡がほとんど見られないので、居眠り運転かと考えたのだが、しかし、タクシー会社の人間が言うところによると、事故の直前に、運転手は何か叫んだというのです」

「ほう……」

「タクシーには無線がついていて、走行中は応答が聞けるよう、オープンの状態にすることができます。それで、そういう、何か言ったのが聞こえたというわけです」

「何かって、何と言ったのですか？」

「それがですね、あそこの虎ヶ峰峠を越えないと無線の感度がよくないので、会社のほうでも、何て言ったのかはっきりしたことは分からないというのです」

高島は眉をひそめて、「しかし」と和泉の顔を見つめて、言った。

「無線係の話だと、『あの女』と言ったそうです」

「あの女……」

「そうです。無線の感度が悪い上に、ほんの一瞬のように短く聞こえたので、断定はできませんが、とにかく、係は『あの女』と聞こえたと言っています。それでさっき、おたくさんが女性のことを言ったときに、ちょっと気になったのですがね」

「なるほど……しかし、そのときに叫んだのが『あの女』であったとしても、別の女性のことでしょう。女性の車がわれわれを追い越して行ってから、かなりの時間が経過しているわけですからね」

「まあ、そうでしょうな」

高島はあっさり和泉の言葉に頷いた。

「なんて、お気の毒なこと……」

麻子は放心したように呟いて、天井を見上げた。つい数時間前には陽気な口調で話していた相手が、もうこの世にいないのだ。まったく、諸行無常というほかはない。

結局、高島部長刑事とその部下は、和泉夫妻に対する事情聴取からは、何も得ることがないまま、引き揚げて行った。

3

自分たちの責任でないとはいえ、和泉夫妻にとって何とも後味の悪い出来事であった。白浜から龍神温泉まで山坂を越える長いドライブで、あの運転手に思いのほかの疲労を強要する結果になったのかもしれない。だとすると、多少の責任はあることにもなる。

「いやだわねえ……」

麻子は溜め息をついた。せっかく、ここまで晴ればれした気分で旅をして来たというのに、とつぜん真っ黒な雲に覆われたような、重苦しいことになってしまった。

「そんなに気に病むことはないさ。すべて運命のしからしむところだからね」

和泉は妻を慰めると同時に、自分の滅入《めい》りがちな気分にも言い聞かせた。

「さて」とタオルをぶら下げ、ようやく露天風呂に出掛けることになった。麻子は「早く戻ってきてくださいよ」と、珍しく気弱そうな声をかけた。

刑事の訪問などで、すっかり遅い時刻になってしまった。宿の客はごく少ないらしく、どの部屋もシンと静まり返って、廊下の明かりも、不必要なものは消されていた。

露天風呂は谷川に張り出した岩風呂であった。露天とはいっても、上半分ほどは長い庇で覆われているから、雨の日も楽しめる。

脱衣所は男女べつべつになっている。案の定、客はほかにいない。和泉は少年に戻ったような気分で、威勢よく着ているものを脱ぎ、風呂場へのドアを開けた。

その時点でもまだ気がつかなかった。岩風呂を照らす明かりは心許ないほど暗い。谷を渡る風はうそ寒く、和泉は急いで湯に体を沈めた。

「手足伸ばせばいのちも延びる——か」

昔、ヘルスセンターのCMにあった歌を歌って、その文句のとおりに手足をいっぱいに伸ばし、「うーん」と唸った。

その「うーん」の中に、違う音階の唸り声が混じったような気がして、和泉は「あれっ?」と耳を欹《そばだ》て、周囲を見回した。

声の主はつい目と鼻の先にいた。岩風呂が少し湾曲して、大きな岩が陰を作っているようなところに、誰かもう一人、客がいるらしい。ただでさえ薄くらがりのような中で、その場所はさらに暗い。よほど視線を据えないかぎり、物のかたちは見えそうにない。

(女性か?——)

和泉は脱衣所に衣服がなかったのを思い出した。男の客でないことはたしかだ。かといって、じっと視線を凝らして確かめるわけにもいかなかった。

(まあいいか——)

元々、露天風呂であり、混浴であることを承知の上で入った客である。礼を失するということにはならないだろう。

とはいえ、和泉といえども男である。ちょっとしたスリルにも似たものは感じた。いったい、いくつくらいだろう? 声の印象からだと、まだ若そうに思える。

(挨拶ぐらいしたほうがいいのかな?——)

（いや、それは、なんとなく物欲しそうに思われるかもしれない——）
さまざまな思念やら妄想じみたものやらが頭の中を過《よぎ》る。
ふいに、またあの唸り声のような声が洩《も》れてきた。しかし、よく聞くと唸り声ではなく、何かの歌を歌っているのであった。
……
泣かんでや　泣かんでや
泣いたら　青い波の下
龍神さまに連れられて
遠い国さへ連れられて
……
（子守歌？——）
歌の文句はあまりよく聞き取れなかったが、概《おおむ》ねこんな内容だ。歌詞もメロディーも聞いたことはないけれど、子守歌のようではある。しかし、露天風呂に入りながら歌う歌としては、あまり相応《ふさわ》しくないので、和泉は奇異に思った。
だが、くらがりに目が慣れてくるにつれ、彼女がどうやら赤ん坊を抱いているらしいことが分かった。

（母子か――）

和泉は何がなし、ほっとした。赤ん坊が存在することが、あたかも免罪符のように気分をほぐさせた。

やはり、声の様子から察すると、まだ若い母親のようだ。少なくとも、宿の若夫人よりはだいぶ若そうである。

「女のお子さんですか?」

和泉は明るい口調で訊いてみた。不躾というより、そんなふうに声をかけるのが、むしろ礼儀のように思えた。

「シイッ!……」

とたんに、鋭い叱声《しっせい》のような擦過音がはね返ってきた。

「起きてしまうやないですか」

精一杯、ひそめた声でそう言った。

「すみません」

和泉は思わず頭を下げて、湯の表面で鼻先を濡らした。

女はザワザワと湯音を立てて、岸に上がった。正視していたわけではないので、定かには見えなかったが、淡い明かりの中で、後ろ姿の白い裸身が、湯煙りのようにしなやかに立ちのぼって消えていった。胸に抱かれているであろう赤ん坊は見えなかった。

かすかな波紋が収まるのを待って、和泉は彼女が消えた、女性用の脱衣所のドアを、茫然と眺めた。

たったいま起きたばかりの現実であるにもかかわらず、まるで束の間のまぼろしのような記憶であった。和泉は何だか、大変な落とし物をしたような気分を味わった。

4

夢の中で悲鳴のような声を聞いて、目が覚めた。窓際にヒヨドリが来ているらしい。和泉の家がある東京の郊外にもいる鳥だ。カーテンを開けると、すぐ目の前にある楠《くすのき》の梢《こずえ》から、二羽のヒヨドリが飛び立って、谷を越えていった。

麻子は朝湯を使って来た。

「いいお湯、あなたも行ってらしたら」

「そうだな」

和泉の脳裏に、一瞬、ゆうべの女の記憶が蘇《よみがえ》った。その話は麻子にはしていない。何となく言いそびれたのが、そのまま秘密のようなことになってしまった。

べつに彼女との再会を期待したわけではないけれど、和泉は露天風呂のほうへ行ってみることにした。

廊下で若夫人に出会った。昨日とはちがって、ブラウスとスカートという軽装である。朝の作業のために動きやすい服装をしているのだろうが、若夫人にはいつも和服を着てもらいたいと、和泉は思った。

「瀬音がうるそうはありませんでしたか？　お休みになれましたでしょうか？」

「ああ、眠れましたよ。鳥の声で目が覚めました。きわめて快適です」

「それはようございました」

行きかける若夫人を、和泉は「あ、そうそう」と呼びとめた。

「赤ちゃんの泣き声が聞こえませんね」

「は？……」

若夫人は戸惑ったように和泉を見返し、それから何を勘違いしたのか、顔を赤らめて手を横に振った。

「うちはもう、子供も大きうなりまして」

「あ、いや、あなたのお子さんのことではなくて、お客さんの、ですよ」

和泉のほうまで、照れて、笑ったが、若夫人は真顔になった。

「お客さまとおっしゃいますと？」

「いや、ゆうべ、赤ちゃんを連れた女の人に会ったものだからね」

「いいえ、女のお客さまはお一人いらっしゃいますが、お子さま連れではございませんけど」

「あ、そう……じゃあ、あれは女中さんだったのかな？　あやそうとしたら、シイッて叱られたもので、てっきりお客さんかと思ったのだが」

「いいえ、うちの従業員に、そういうお子のある者はおりませんし……」

若夫人の表情は、愛嬌のある笑いを消して、しだいに翳《かげ》りを帯びてきた。和泉は慌てた。何か難癖をつけようとしていると思われては具合が悪い。

「あははは、そうですか。じゃあ、何かの錯覚かもしれませんね。どうも、まだボケるには早過ぎると思うのだが……いや、失礼」

手を上げて会釈すると、そそくさと風呂場へ向かった。

露天風呂には誰もいなかった。かすかに白く濁った湯が、朝の陽光に絹のように光っているのを、和泉は邪険に足の先で掻き回してから、ザブンと顎のところまで湯に浸かった。

視線を上げると、ただ一人、自然と対峙している恰好になる。天地の精気を一人占めにするような爽快感である。近頃はギャルのあいだでも温泉ブームだそうだが、分かるような気がしてくる。

そのとき、和泉はまた、ゆうべの女性のことを思い出した。

(あれは何だったのだろう?——)

ついそこの、岩の向こうに、たしかに赤ん坊を抱いた女がいたのだ。聞いたことのない子守歌を歌って——。宿の従業員でも客でもないとすると、あれはいったい何者だったのだろう?

(狐狸妖怪《こりようかい》のたぐい——)

ばかげた妄想が頭に浮かんで、和泉は苦笑して、湯で顔を洗った。しかし笑いごとではないのかもしれない——とも思った。ここは何しろ「龍神の湯」である。龍に誘惑された娘の伝説があるそうだ。辺りの風景を眺めると、超常現象のようなことが起きても不思議ではないような気分になってくる。

部屋に戻ると、若夫人があさげの膳を整えていた。

「お客さまは、赤ちゃんをどこでご覧になりましたのですか?」

和泉の顔を見るなり、訊いた。あれからずっと、そのことを気にしていたらしい。

「え? ああ、廊下ですよ。廊下で擦れ違ったのです」

和泉は慌てて答えた。

「しかし、あれは目の錯覚だったのかもしれないな」

「でも、あやそうとして、うるさいって叱られたのでしょう?」

「ははは、そうそう、たしかにね……」

「何のお話?」

麻子が脇から話に参加してきた。若夫人は「あら……」と、困惑した顔になった。和泉が妻に話していないとは、思ってもみなかったに違いない。

「いや、大したことじゃない。昨日、湯に行くときに、赤ちゃん連れの女性と擦れ違ったのだが、お客さんにも従業員の人にも、赤ちゃん連れというのはいないのだそうだ。それで、妙なことだと思ってさ」

和泉は急いで説明した。

「ふーん、そうなの……その女の方、きっときれいな方だったんでしょう」

麻子は皮肉な目を夫に向けて、からかうように言った。

「さあどうだったかな、暗くてよく見えなかったし、赤ちゃんのほうに気を取られていたからね」

「その赤ちゃんですけど、どんな赤ちゃんでしたか?」

若夫人が訊いた。

「どんな赤ちゃんて……」

和泉は当惑した。「赤ちゃんに気を取られて」と弁解した以上、赤ん坊のことを憶えていないとは答えにくい。かといって、赤ん坊については母親よりも記憶にない——というより、まったく見ていないに等しいのだ。

「赤ん坊は赤ん坊だろうね。小《ち》っちゃくて、頼りなげで、まあ、たぶん赤い顔をしていたのじゃないかな」

「そんなの、当たり前でしょう」

麻子が呆れて笑って、若夫人に訊いた。

「でも、こちらのどなたにも赤ちゃんがいらっしゃらないって、ほんとなんですか？」

「えっ、ええ、本当のことです」

若夫人は膳を並べ終え、きちんと正座して、神妙な顔で答えた。

「これはひょっとすると、龍神さんの奥さんと子供かもしれないな」

和泉は高笑いしたが、若夫人は追従《ついしょう》笑いもせず、もちろん、麻子も冷やかな目を夫に向けただけであった。

「何ですの、その龍神さんていうのは？」

「いや、そういう伝説があるのだそうだよ。そうでしたね？」

「はあ、伝説はございますけど、でも、龍神さまに赤ちゃんがいるという話は聞いたことがありません」

若夫人はいよいよ、浮かない顔になった。

5

龍神温泉の宿を午前九時三十分に出発した。龍神バスが、すぐそばのバス停から出ている。これで護摩壇山《ごまだんざん》というところまで行って、さらに南海《なんかい》バスに乗り継いで高野山《こうやさん》まで行くことになる。

大奥さんと若夫人が玄関前まで出て、見送ってくれた。たったひと夜の客ではあったけれど、旅の宿には心惹《ひ》かれるものがある。ことに和泉には、露天風呂の女性の未消化のような記憶があって、一入《ひとしお》、その想いが強かった。

バスは高野龍神スカイラインを行く。奈良県と南紀を結ぶ唯一の有料道路で、これが通ったお蔭で南紀の観光地図が一変したといわれているそうだ。

大和から紀州への行程は、幾重にも連なる山々によって遮られ、むかしからの峠道は鳥も通わぬ……と言わせるほどの難所つづきだった。そこにアスファルト道路が通り、快適なバスが走る。冬季でも日中は通行可能なのだそうだから、ずいぶん便利になったものである。

もっとも、便利さはともかくとして、文明が必ずしもすべて結構というわけにはいかない。標高約一千四百メートルの護摩壇山という、樹海の上にそそり立つような山の頂き近くに「ごまさんスカイタワー」という、三十三メートルの観光用のタワーが立っている。それに付帯する施設も幾棟かある。

「どうしてこういう、変てこりんなものを作りたがるのかねえ」

バスから降りて、タワーを見上げるなか、和泉は悪態をついた。麻子は「また始まった」という目で笑っているが、和泉は本心、腹が立ってならない。

「道を通すだけで、充分、自然を破壊しているんだから、その上に景観までぶち壊しにすることはないよ」

「まあいいじゃありませんか」

「いや、よくはない」

観光客はゾロゾロとタワーに向かったが、和泉夫妻だけは取り残されて、駐車場の縁《へり》から周囲の風景を眺めることになった。

折り返して高野山へ行くバスがやっと来た。大勢の観光客が降りたのと入れ代わりに、和泉夫妻はいの一番に乗り込んだ。前のほうのシートに腰を下ろしたとき、麻子が「あらっ？」と言った。

「ねえ、あの車、昨日の女の人が運転していた車じゃないかしら？」

白っぽい乗用車が、龍神温泉のほうから来て、駐車場にいるバスの前を、高野山方向へと走り抜けて行くところだった。

「ん？　そうかな……」

和泉もそんな気がした。運転席でハンドルを握っているのは、たしかに女性だったし、それらしい印象があった。

「車は似ているが、しかし分からないな」

白い車は加速しながら森の中へと消えて行った。

「あのひと、どこに泊まったのかしら？」

麻子が言った。

「龍神温泉かもしれないわね」

「ああ、そうだね、途中、ほかに泊まるようなところもなかったから、龍神温泉だろうね、きっと」

「だったら、もしかすると私たちと同じ宿だったのじゃないかしら？」

「ははは、どうかな、それは」

言いながら、和泉は心臓がズキンとした。ほんの一瞬だが、「シイッ」と叱声を浴びせたときに見せた横顔と、鋭い目は、車の中の女性のものであったような気がした。

（まさか――）

そう打ち消したが、いったん浮かんだ着想は、むしろ勢いをつけたように、和泉の頭の中に居座りそうな気配だった。

とはいえ、龍神温泉には何軒もの旅館や民宿があるのだし、あの女性が「上ノ御殿」の客であった可能性は乏しい。かりに客であったとしても、宿の若夫人も言っていたとおりであるなら、彼女が赤ん坊を連れていたはずはない。第一、あの勇ましい運転ぶりから見ても、車の中に赤ん坊がいるという気配は感じられなかった。

「タクシーの運転手さんの事故、あれからどうしたのかしら？」

白い車の後ろを目で追っていた麻子が、ポツリと言った。

「ああ、どうなったのかな」

和泉は驚いた。彼もいま、そのことを連想したところだったからである。口には出さなかったが、ずっと気にはなっていることでもあった。

「刑事は、事故の寸前、運転手が『あの女』と言ったというのだが……まさか、あのときの女性のことを意味したわけじゃないだろうねえ」

「まさか……」

麻子も否定したが、二人とも何となく、完全には否定しきれないものを感じているような顔を見合わせた。

バスの客がどんどん増えて、まもなく発車時刻がきた。運転手が車をスタートさせかけたとき、パトカーが景気よくサイレンを鳴らしてやって来て、バスの進路を妨げるように停まった。

パトカーから飛び出したのは昨日の「高島」とかいう部長刑事であった。高島はバスに乗り込むと、運転手に「ちょっと待っとってや」と声をかけて、車内を見回した。

「あ、おったおった」

和泉夫婦の顔を発見して、嬉しそうに白い歯を見せた。

「やあ、昨日はどうも。すみませんが、ちょっとお聞きしたいことがあるもんで、降りていただけませんか」

「えっ？……」

和泉は当惑した。

「降りてって、このバス、もう発車するところですよ」

「分かってます。高野山までお送りしますので、とにかく降りてくれませんか」

周囲の乗客は興味深そうに、刑事と和泉のやりとりを眺めている。これ以上、晒し者になっているのもつらいので、夫婦は高島の言うとおり、バスを降りた。

バスが行ってしまうと、高島は二人をパトカーに乗せた。

「じつはですね、昨日、あれから運転手の遺体を解剖したり、無線を録音したテープの音声を詳しく調べた結果、分かったのですが、あれはどうやら単なる事故でなくて、殺人事件ではないかという疑いが出てきたのです」

「えっ、殺人?……」

和泉は麻子と顔を見合わせた。漠然と抱いていた不安とも疑惑ともつかないモヤモヤしたものが、しだいに形を成してくるような気がした。

「それで、解剖の結果、死因はどういうものだったのですか?」

「一応、直接の死因は、転落の際に受けたと見られる全身打撲と脳挫傷ということでありますが、それとは別に、後頭部に明らかに異質の打撲痕がありましてね。つまり、何か棒状の物で殴ったような、です」

「ほう……」

和泉は素人っぽく驚いてみせた。

「すると、運転手さんは車が転落するときにはすでに死亡していたか、あるいは気を失っていたわけですね」

「そのとおりです」

高島部長刑事は重々しく頷いた。

「われわれはそう考えております。車はガードレールのないところから、五メートルばかりの草地を突っ切って、断崖に飛び出しておるのですが、ブレーキをかけた形跡はまったくありません。犯人はギアをオートマチックに入れて、車が自然に走りだし、崖に転落するよう、ハンドルを操作したのでしょう」

「問題は録音された音声の分析ですが」と和泉は言った。

「たしか『あの女』という言葉が記録されていたのでしたね。それ以外にはどんなことが分かったのですか？」

「それはですね……」

言いかけて、高島は口をつぐんだ。あまり詳しいことを話しては具合が悪いかな――と躊躇している様子だ。

「わざわざこうして追い掛けて来たというのは、運転手さんが言った『あの女』が、僕たちが見た女性と、何らかの関係があると考えられたのでしょうか？」

和泉は高島を励ますように言った。

「ん？　ああ、まあそういうことになるのですが……」

高島はなおもしばらくためらってから、思いきったように言った。

「じつはですね、タクシー会社の交信記録というのが、きわめてお粗末な録音で、かなり聞き取りにくいのですが、どうにかこうにか、事件の直前に何があったのか、手掛かりらしきものは推測できたのです。被害者――運転手の名前は中村一樹《なかむらいつき》というのだが、中村さんは『あの女』と口走る前に、何者かと会話を交わしているのです」

「ほう、それがその女性なのですか？」

「いや、会話の相手が女なのか男なのかは、はっきりしません」

「もし男だったら、われわれが見た女性とは関係ないのでしょう？」

「そうではないのです。運転手の断片的な言葉の中にですね、車を運転していた女の話が出てくるのです。それも、えらい勢いで追い越して行ったと話しているのです」

「ふーん、なるほど、だとすると、それはわれわれが見た女性の運転する車のことかもしれませんね」

和泉は高島の「専門家」としての立場を尊重するために、控えめな言い方をした。

「そうですな、まず間違いないでしょう」

高島部長刑事はいくぶん、尊大に頷いてみせた。

「それで、会話の内容などから、運転手さんが話している相手の素性などは分かったのですか?」

「いや、残念ながら、それがどうもはっきりしない。相手もたぶん車でやって来たらしく、道で出会ったか、呼び止められたかして、最初のうちは運転手は車の中で、窓越しに応対していると考えられます。したがって、その部分の運転手の言葉はかなり明瞭に聞こえるのだが、相手は外にいるので、ごくかすかに何か聞こえる程度なのですな。道を尋ねている様子で、この道を行くと龍神温泉に行くとか、運転手はそういった説明をしています。そのうちに、運転手の中村さんも外に出た気配があって、しばらく音声が不明瞭になるのですが、その間に、車をふっ飛ばして行った女性のことがとぎれとぎれに聞こえました。それからドアの開く音がして、中村さんの声がはっきり『あの女』と言ったとたん、何やら鈍い音がして、直後に無線のスイッチが切られたのです」

「なるほど。すると、そのときに中村さんは殴打されたと考えていいのですね」

「そのとおりでしょうな」

「しかし、それだけでは、その犯人がいったい、われわれを追い越した女性とどういう関係なのか、なぜ中村さんを殺さなければならなかったのかは分かりませんね」

「そういうことです。したがって、あなた方が見たという女性を突き止めて事情を聞いてみなければならないというわけです」

高島は説明を終えて、「どうでしょう、その女の特徴だとか、できることなら、女が運転していた車の車種やナンバーを思い出してもらえませんか」と言った。

「弱りましたねえ、僕も女房も車の種類なんか、皆目分からない人種ですからねえ。むろんナンバーなんか見ているわけないし」

和泉は腕時計を見て、「それより、予定の時刻を過ぎているのですが、とにかく高野山へ送ってくれませんか」と頼んだ。

「分かりました。それじゃ、高野山まで行くあいだ、なんとか思い出すようにしてください」

高島は運転役の若い刑事に車を出すよう、命じた。

6

護摩壇山からおよそ三十キロ、四十分ほどで高野山に着く。ほとんどが、奈良県と和歌山県の県境と重なる尾根伝いの、気分のいいドライブコースであった。車はパトカーだが、乗っている者の目には、窓の外の景色しか見えない。バスよりはゆったりして乗り心地もいいし、儲《もう》け物であった。

ただし、刑事のほうは、和泉夫婦が窓外の風景にばかり気を取られているのが不本意らしく、ときどき「どうです、思い出せませんか？」などと、雑音を発する。

「ん？　ああ、いま考えているところですけどね……」

そのつど和泉はお茶を濁したが、実際にはあの白い乗用車を運転して行った女性と、昨日の夜、露天風呂で見た女性のことを話すべきかどうか、思案しつづけてはいた。

その女性が同一人物であるかいなか、また、刑事が追及しようとしている女性であるかいなかも不明だが、ワラを摑むような状況下にある警察にとっては、それでも充分に価値のある情報かもしれなかった。

とはいえ、あの女性がもし無関係だとすると、かりに警察が彼女の行方を捕捉して事情聴取でもするようなことになれば、女性にとっては大迷惑という結果になる。それ以前に、情報提供者として、和泉夫婦はさらに警察に拘束されかねない。それが分かっているから、和泉は躊躇するのだし、麻子も口を閉ざして、時折、（かかわり合いになるようなことは、言わないほうがいいわよ――）と目配せを送って寄越すのだ。

和泉は妻の顔を見て、前のシートにいる刑事には分からないように苦笑した。法律を教えている大学教授としては、こんな場合、どう対処すればいいのか、じつに困惑してしまう。

車は、刑事の焦りと和泉夫婦の困惑にお構いなしに、目的地である高野山に着いてしまった。

ケーブルカーの駅の前にパトカーを停めて、二人の刑事と和泉夫妻はしばらく黙りこくっていた。通りすがりの観光客が、警察に連行された被疑者を見るような目で、パトカーの中を覗いて行く。

「どうも、さっぱり思い出せませんねえ」

和泉はそういう連中の視線を気にしながら、嘆かわしそうに言った。

「白っぽい車だったことぐらいしか憶えていないなあ。もう少し時間をかければ、ひょっこり思い浮かぶのかもしれないが……」

「白っぽい車ですか」

高島は溜め息をついた。白っぽい車なんて、珍しくもなんともない。

「分かりました。とにかくひたすら思い出すように心掛けてくれませんか。ところで、これからのご予定は？」

「べつに予定は決めていません。なにぶん、気楽な旅ですからね。行く先も宿も行き当たりばったり。まあ、もう一泊ぐらいで東京に帰るつもりではいますが」

「自分は和歌山県警の捜査一課か、あるいは本事件の捜査本部のある田辺警察署におりますので、何か思い出したらぜひひとも連絡をしてください」

高島部長刑事は最後にそう言うと、和泉夫妻を置き去りにして、高野山道路を下って行った。

もっとも、和泉夫妻もここに長居をするつもりはなかった。高野山にはかたちだけお参りして、昼食をしたためると、すぐに、ケーブルカーで山を下ることにしていた。麻子はもう少しのんびりして、いくつかのお寺を回りたいと言ったのだが、元来が不信心の和泉にその気はなかった。

しかし、さすがに心残りがして、和泉はケーブルカーの駅の公衆電話で、龍神温泉の宿に電話してみた。電話にはさいわい、若夫人が出た。「つかぬことをお訊きしますが」と前置きして、和泉は昨夜の女性客のことを訊いてみた。

「彼女は車で来たのではありませんか？」

「ええ、そうですけど」

「えっ、やっぱり……それで、どっちのほうから来たか、これからどっちへ向かうのか、そういったことは分かりませんか?」

「はあ……」

　若夫人は困惑ぎみだ。お客のことをみだりに話してはならないのが、客商売を営む者としては、心得の原点のようなものである。

　和泉はほぼありのままに事情を話した。

「警察に話してもよかったのですが、それだと早速、刑事が調べに行きますからね。そうなっては、おたくのほうにも、それからお客さんのほうにも、何かと迷惑がかかるのじゃありませんか?」

　なかば脅迫ぎみなことになるのを承知で、そう言った。それはかなり効果的であったらしい。若夫人は周囲を気にしているらしく、消え入りそうな声で言った。

「あの、ご住所は名古屋の方で、昨日は南のほうからおいでになって、今日はたしか、淡嶋《あわしま》神社へいらっしゃるとかおっしゃってましたけど……」

　タブーを犯した後ろめたさが、彼女の声音に込められていた。

「淡嶋神社ですか? それはどこにあるのですか?」

「和歌山市の近くの、加太《かだ》というところですけど。私の生まれたところに近いもので、道順を詳しくお教えしました」

「分かりました、どうもありがとう」

電話を切ろうとすると、若夫人は慌てたように「あ、ちょっと」と呼び止めた。

「あの、じつはですね、ついさっき電話がありまして、お客さんと同じようなことを尋ねられたのですけど」

「ほう……」

和泉は緊張した。

「その電話は、誰からでしたか？」

「いえ、お名前はおっしゃいませんでしたが、男の方でした」

「それで、何を訊かれたのですか？」

「ですから、昨日お泊まりいただいた、女のお客さまの行く先がどこかと」

「教えたのですか？」

「はい、お教えしましたけど、いけなかったのでしょうか？」

和泉の口調に詰《なじ》るようなものを感じたのだろう。若夫人は不安そうだ。和泉は「いや」と、電話のこっちで苦笑した。自分も同じような質問をしているのだから、他人のことを非難するわけにはいかない。

「その人には、行く先のほかに何を教えたのですか？」

「ほかのことは訊かれませんでした」

「なるほど」

行く先以外のことについては、知識があるということなのか――。

和泉はあらためて若夫人に礼を言って電話を切った。

売店で和歌山県の地図を買って広げた。若夫人が言ったとおり、和歌山市の西、瀬戸内海に突き出た岬に「加太」という地名と、小さく「淡嶋神社」という文字があった。

ケーブルカーの改札口で、心配そうな顔で待っている麻子に、和泉はいきなり「今夜は和歌山に泊まろう」と言った。

「あら、吉野《よしの》で泊まるんじゃなかったんですか？」

麻子は呆れたように言った。吉野に泊まって、明日は奈良見物をして帰ろう――というのが、一応の計画であった。

「ちょっと予定が変わった」

和泉はニヤニヤ笑いながら、いまの電話の内容を説明した。

「淡嶋神社ですか……」

「なんだか、意味ありげに聞こえるね。その口振りだと、きみは淡嶋神社のことを知っているらしいな。以前に行ったことがあるのかい？」

ますからね」

「行ったことはないけれど、多少は知識ぐらいはありますよ。不信心なあなたとは違い
「ははは、それは言えてるな。しかし、それにしてもさ、こんな遠くの神社のことを、
よく知っているものだ」

「淡嶋神社は女性の信仰の対象ですもの」

「ふーん、何を祀《まつ》っているんだい？」

「よく知らないけど、神功皇后《じんぐう》さまを祀っているのじゃなかったかしら」

「なるほど、神功皇后なら、なんとなく頼りになりそうな感じがするな」

「ばかねえ、そんな言い方をすると罰が当たるわよ」

「何を言ってるんだ。亭主をばかよばわりするほうが、よっぽど罰当たりじゃないか」

「あら、ごめんなさい」

麻子は笑って、頭を下げた。

「だけど、淡嶋神社はそういう、頼りになるとかならないとかいうんじゃなくて、女性
の悩みごとを解消してくださる神様として信仰を集めているんですってよ」

「女性の悩みというと、亭主の浮気とか、嫁姑のいざこざとか、そんなところかい？」

「あなたが言うと、なんだか、いかにも次元が低そうに聞こえるわねえ。そりゃあ、た

しかにそういう悩みもあるけど、もっとも切実なこと……たとえば、子供のことだとか、病気のことなんかね」

「そんなもの、女にかぎらず、男にだっていくらでもある。むしろ切実なくらいだ」

「そうじゃないのよ。女にはね、女にしか分からない悩みや苦しみがあるの。とくにあなたみたいな学者なんとかには、分からないものですよ」

「あははは、それを言われると、返す言葉もないな」

和泉は笑ったが、麻子は妙に深刻そうな顔をしていた。

7

高野山を下りると橋本《はしもと》から和歌山までは四十三キロ、JRの和歌山線でちょうど一時間の距離であった。列車にゆられながら、和泉はあの女性の運転する車とのスピードに思いを馳せた。高野山を下るには、車で九十九折《つづらおり》の山道を走るよりも、ケーブルカーで麓《ふもと》まで下り、そこから橋本まで南海電鉄の電車を利用するほうが、いくらか早そうだ。乗換えのロスタイムと道路の渋滞を相殺《そうさい》すれば、ほぼ同じ程度の時間がかかるものと見て間違いはないかもしれない。

いくら一人旅といっても、おなかが空けば食事もとるだろう。高野山だって見物したり、お参りしたりで、こっちよりものんびりしているかもしれない。

どこかで追いつくか、それとも、淡嶋神社に先行できるか——と、和泉は自分がしだいに、捜査員の一人にでもなったような意気込みを抱きつつあることに気づいた。

和歌山には三時過ぎに着いた。ホテルを予約する時間を惜しんで、すぐに加太へ向かうことにした。和歌山からは、おもちゃのような電車で二十五分。加太は小さな漁港の町であった。

町並みも、そこに立つ家々も、町を抜けてゆく路《みち》もすべてが小ぢんまりしている。しかし、岬のはずれに出て、レストラン兼土産物店の角を曲がったところに立つ赤い鳥居は、立派なものであった。

その鳥居を潜《くぐ》って、女ばかりのグループがやって来るのと擦れ違った。すでにお参りをすませて、帰りに土産物屋をひやかそうという、のんびりした顔ばかりである。

これから鳥居を潜る人々は、対照的に神妙な顔つきだ。和泉が奇異に思ったのは、その人たちが、いずれも紙袋をぶら下げていることである。デパートやスーパーの買物袋といった感じで、どれも中身がいっぱいに詰まっている。

社殿も白い壁以外は、柱も軒も、鳥居と同様に真っ赤に塗られていた。まるで春日大《かすがたい》社《しゃ》か稲荷《いなり》神社のようだ。参道を進むにつれて、度胆を抜くような風景に出くわした。

境内を埋め尽くすような人形の波である。いや、人形とはいえない物もある。

まず正面の社殿の、いわば拝殿のような広間に、幾百か幾千かと思えるような内裏雛《だいりびな》の山があった。回廊の上には日本人形、下には十二支の動物人形がところ狭しと並ぶ。そのほか、ダルマ、カエル、河童《かっぱ》、天狗、博多人形、相撲《すもう》人形等々、木彫りから土偶《どぐう》、ぬいぐるみにいたるまで、ありとあらゆる人形や人形らしきものが、ぎっしりと境内を埋めているのであった。

「何なのかしら、これ？……」

麻子が脅《おび》えたような声を発した。たしかに、信仰心を持たない人間には、いささか不気味な光景だ。

「すごいねえ……」

和泉も正直、いささか辟易《へきえき》した。

「よくもこれだけの人形が集まったものだなあ。いったいどうやって集めたのかな？」

たとえば、干支《えと》の戌《いぬ》にあたる場所には、犬の人形がおよそ二百体ほどもある。その中にはビクターレコードのトレードマークである、例の小首をかしげた陶器の人形だけでも、二十体ぐらいはあった。いまどき、骨董屋へ行っても、なかなか見つかりそうにない物が沢山、無造作に並んでいるから驚く。

とはいえ、圧巻は何といっても、前述の内裏雛の山である。巨大な雛人形店が倒産して、倉庫の中の品を洗い浚《ざら》いぶちまけ、積み上げたとしても、ここまであるかどうか、疑いたくなるほどのボリュームであった。

いったいどこから？――という疑問は、しかし、すぐに氷解することになった。

社殿の右手にある社務所のほうへ行くと、お守りなどを授けるところの前に、ちょうど粗大ゴミ置き場のように、大きな箱やら包みやらが置かれているスペースがある。さっき、和泉夫婦と一緒に鳥居を潜った女性たちが、手にしていた大きな買物袋をそこに置いている。中身を覗き込むと、ぬいぐるみや雛人形であった。

「そういえば、聞いたことがあるわ」と麻子が和泉の耳に囁いた。

「お人形を淡嶋神社に納める風習があるんですって」

「ふーん、何のために？」

「それはあれでしょう。やっぱりお人形をゴミと一緒に捨ててしまうのは、しのびないからじゃないのかしら。たとえば、亡くなったお子さんが大事にしていたお人形なんかだと、お子さんの霊が宿っているような気がするのかもしれないし」

「おいおい、ゾーッとするようなことを言うなよ」

和泉は首をすくめ、麻子は「ほんと、あなたって臆病なんだから」と笑った。

しかし麻子の言うとおりかもしれない――と和泉も思った。「捨て場」には大きな木箱に入った雛人形セットがそのまま置かれているのが三組もあった。かつては初節句に娘のために買ったものに違いない。それを丸々捨てる――というと語弊があるなら、奉納するのは、その娘が亡くなったことを意味しているように思える。その女の子の両親は、娘の思い出と一緒に、この人形を奉納して行ったのだろう。

犬のぬいぐるみも、カエルの人形も、すべて愛情がこもっている品々だったと想像すれば、ゴミのように捨て去ることができず、この神社に納めた気持ちもよく分かる。

「それにしても、こんなに集まったのでは、際限なく増えて、いずれ置き場所に困るのじゃないかなあ」

「それはあれですよ、焼いてしまうのよ、きっと」

麻子は冷酷なことを言って、「ほら、あそこ」と、境内の左手のほうを指差した。そこには高さ、幅、奥行きともに二メートルほどの焼却場が二つある。近づいてみると、なるほど、麻子の言ったとおり、人形を燃やしたような痕跡がある。燃える物はすべて灰と煙になってしまうのだろうけれど、陶器製の手足や首の残骸らしきものが焼け残って転がっていた。

「どうも、あまり美しい風景とはいえないねえ」

和泉は顔をしかめた。麻子は焼却場に向かって手を合わせている。それからあらためて社殿に額《ぬか》ずいて参拝をした。順序が逆かもしれないけれど、和泉夫婦にしてみれば、むしろ自然の成り行きであった。

それにしても、内裏雛の山に向かって頭を下げるのは、不信心の和泉には抵抗がある。麻子が真剣に祈っているから、まあお付き合いで参拝しているといったところだ。

その和泉の視野にふと気になる女性の姿が飛び込んできた。喪服のような黒っぽいスーツを着た、三十歳ぐらいの、いくぶん痩せ型の女が、胸に赤ん坊をしっかり抱いて、急ぎ足で鳥居を潜ってくる。

「おい、あの女性、違うか？」

和泉は早口で言って、麻子の注意を喚起した。麻子は「ん？」という目を和泉に向け、それからすぐに女性を見た。

「あっ、そうよ、あの人よ」

ほとんど直感的に断定した。

和泉は社殿の前を離れ、女性のあとを追った。

女性は社殿には参らず、真っ直ぐ社務所の前の「捨て場」へ向かった。「捨て場」には数人の女たちがいて、思い思いに手にした包みをそっと置いて、静かに一礼して去ってゆく。その女たちが行ってしまうのを待つつもりなのか、女性はじっと佇《たたず》んで、「捨て場」の包みの山を見つめていた。

和泉は彼女の背後に、接近した。かすかな歌声が聞こえてきた。

……

泣かんでや　泣かんでや
泣いたら　青い波の下
龍神さまに連れられて

……

露天風呂で聞いた、あの歌であった。すすり泣くように歌っていたが、ふいに声が聞こえなくなった。歌い終えたのか、それとも悲しみで胸が塞がったのかと和泉が思ったとたん、女性はいとも無造作に、胸の赤ん坊を放り出した。

8

和泉はドキッとした。まるで、それこそゴミでも捨てるような仕草だった。

しかし赤ん坊と思ったのは、大きなぬいぐるみの人形だったらしい。おくるみのような布に包まれて、顔の部分や中身は見えなかったが、すでに捨ててある人形たちの上に、ドスンと落ちたときの印象には、それほどの重量感はなかった。

それにしても、赤ん坊と信じていただけに、いきなり放り出されたのを見たとき、和泉のショックは大きかった。第一、彼女が露天風呂で抱いていた「赤ん坊」がそれだったとすると、あのとき、「シイッ！」と叱りつけたのは、いったいどういうことになるのだろう？

いや、彼女ははっきりと「起きてしまうやないですか」と非難の言葉を浴びせたのである。その口調や態度には、赤ん坊の平穏を守ろうとする、母親の真剣さが漲《みなぎ》っていた。あれが芝居やポーズだったとは、到底、考えられない。

女性はクルッと後ろを向いた。和泉の目と、彼女の目が真正面に向かいあった。瞳孔《どうこう》が少し開いたような、曖昧な眼差《まなざ》しであった。唇もやや開きかげんで、精神が弛《し》緩《かん》していることを思わせる。目尻には涙の名残が光っていた。

「赤ちゃん、お気の毒でしたね」

和泉は彼女の目を覗き込みながら、囁くように言った。

「？……」

女性は物問いたげに和泉を見つめてから、悲しそうにコックリと頷いた。それは幼女のようにあどけない仕草であった。虎ケ峰峠でタクシーを追い抜いて行ったときや、露天風呂で見せたような険しい「狂気」に似た気配は払拭《ふっしょく》されていた。いや、張り詰めていたものが失われ、ほんとうの「狂気」が彼女の頭脳を覆ってしまったというべきなのかもしれない。

「これから、どうするの?」

和泉は幼女に対するように、優しい口調で訊いた。

「ああ……」

女性は吐息を洩らし、何かを探すような目を、天空に彷徨わせた。目的意識を失って、これから先、どうすればいいのか分からない自分に、戸惑っている様子だ。

龍神街道を北上し、高野山に詣《もう》でて、淡嶋神社に人形を納めて――悲しい思い出や苦しみを捨てて――そこまでで彼女の、いわば生きる目的は、とりあえず終えてしまったに違いないと和泉は思った。

(何があったのだろう?――)

和泉は女性の覚束《おぼつか》なげな表情を見ながら、彼女が車で辿ってきた道程より以前にあった出来事に想像を飛ばした。

彼女を狂わせたものが、愛児の死であるにしても、ふつうの死に方であったとは思えない。悲しみのショックだけでは、人は狂うことはない――と和泉は信じている。その上に恐怖や、悔恨や、憎悪といった、いくつものファクターが重なって、はじめて、精神のタガは破壊される。

愛児の死と、彼女の狂気と、そしてタクシー運転手が殺された事件と――それらがどこでどのように結びついているのかを、和泉は考えつづけた。

殺人者にとって、彼女の「暴走」はきわめて不愉快であり危険なことらしい。それは、単に彼女を目撃したにすぎないタクシー運転手をあっけなく消してしまうほどの切羽詰まったものなのだ。彼女を追っていることを知られただけでも、タクシー運転手を生かしておけない動機とは、いったい何なのだろうか？

女性は和泉を見つめたまま、じっと動かなかった。時間にして三十秒ほどだろうか。それほど長いわけではないが、見知らぬ男と面と向かっているには、かなり長い時間といわなければならない。それにもかかわらず、じっと動かないでいること自体、彼女の異常さを物語るものであった。

「行きましょうか」

和泉はふいに、こうして時間を無駄にしていることに危険なものを感じて、彼女の腕を取って歩きだした。「はい」と、驚くべき素直さで、女性は和泉に従った。

「どうなさったの？」

ずっと、二人の様子を窺っていた麻子が、心配そうに寄ってきて、女性を挟むようにして、三人が並んで歩いた。

「どうやらお気の毒な身の上らしい。優しくしてやってくれないか」

和泉は静かに言った。それ以上、詳しい説明は不要だった。麻子にも和泉の危惧は伝わって、「そうなの」と短く言っただけで、何も訊こうとしない。

三人は神社に来る途中の角にある、三階建ての魚料理を食べさせるレストラン兼土産物店に入った。女性は駐車場のほうを振り返って、「あそこに、車が」と呟いた。

和泉が「少し休んで行ったほうがいいですよ」と言った。このままの状態の彼女が、車を運転することは危険だし、それとはべつの危険が迫っていることも、ほとんど本能的に感じていた。

女性はやはり幼児のごとく、コックリと頷いただけで、あえて逆らわなかった。

レストランの三階の窓から見ると、紀淡海峡《きたんかいきょう》が眼下に広がっていた。遠く山並が霞《かす》んで見えるのはたぶん淡路島《あわじしま》だろう。その手前には、何という島か、細長い島が二つ海峡に浮かび、白い船体のフェリーや貨物船が行き交っていた。

「きれいねえ……」

麻子が連れの女性の切実な悩みに無頓着な、のんびりした声を出した。どんな場合でもそういう、あっけらかんとしたところを失うことのない性格が、彼女の長所だと、和泉は感心している。

「ほんま……」

女性もつられたように、無邪気に言った。口を半開きにして、ぼんやりと海を眺めている。

ここまで来るあいだじゅう、彼女を支えていた激情が去って、ポッカリ穴が開いたような解放感が、彼女の精神を支配してしまったらしい。

和泉夫婦よりかなり年配の、太ったおばさんが注文を取りにきた。女性は「ミルク」と言い、和泉夫婦もそれに倣《なら》った。おばさんは「サザエのつぼやきがおいしいですよ」と勧めたが、誰もそれには応えず、窓の外ばかり眺めている。おばさんは不満そうに口を尖らせて立ち去った。

和泉は麻子と女性が向けているのとは違う方角に、視線を釘付けにされていた。

女性の白い車に二人の男が近づいて、しきりに車の中を覗き込んでいる。明らかに暴力団員ふうの外見だ。すぐに見きわめがついたのか、二人の男は車から離れると、鳥居を潜って社殿のほうへ歩いて行った。

テーブルにミルクが運ばれてくると、女性は猫のように舌を鳴らして、おいしそうに飲んだ。麻子はカップに口を当てて、女性の仕草を眺めながら、ゆっくりミルクを啜《すす》っている。

和泉は気が気ではなかった。あの二人の暴力団員ふうの男が、いずれここにやって来ることは想定できた。どういう事情があるのかは、まだ分からないにしても、彼らの目標がこの女性であることはまず間違いない。そして、彼らがタクシー運転手殺害の犯人である可能性は同じ程度に強かった。

9

二人の男が引き返して来るのは、思いのほか早かった。もっとも、淡嶋神社はそれほど大きな敷地をもっているわけでもなく、境内はほとんどひと目で見渡せてしまえるほどだ。人形の山に目を奪われさえしなければ、そこに目指す女性がいないことぐらい、すぐに見きわめがつく。

二人の男は参道脇に並ぶ土産物の店を一軒一軒覗き込んで、足早にやって来る。残るは鳥居を出外れたところにあるこのレストランということになった。

入口の前に佇んで、建物を見上げる、二人の視線を避けて、和泉は窓際から体をのけ反らせた。

三階には三人のほかに客の姿はない。店のおばさんも、儲からない客の相手をしていてもしようがないと思ったのか、階下へ下りてしまった。

見回したが、このフロアには電話もなかった。店に入るとき、入口脇のレジのところに電話があるのは見たが、あそこまで辿り着けるとは思えなかった。

「出よう。彼女を連れて来てくれ」

和泉は短く言って、立ち上がると、麻子の分まで荷物を摑み上げ、出口とは反対側のドアへ向かった。

「そっちじゃないわよ」

麻子は怪訝な顔をしている。

「いや、いいんだ、こっちから出る」

ドアを開けると、そこから先は従業員しか入れないスペースで、暗くて窮屈な階段から魚を焼く匂いが立ちのぼってきた。

そのとき、背後から「あっ、お客さん、そっちへ行ったらあかん」とおばさんの声がかかった。食い逃げでもされるかと思ったらしく、駆け寄って来る。

「分かってますよ。ちょっとこっちの出口から出してもらいたいんだ。お勘定はそこに置きましたからね。お釣はいらない」

和泉は二人の女性を先に階段へ押しやっておいて、おばさんを振り返った。

「それから、もし誰かに訊かれても、われわれのことは言わないでください」

「はあ……」

おばさんは面白くないらしい。仏頂面で、勝手な三人の客を見送っている。この分だと、黙っていてくれる保証は、あまり期待しないほうがよさそうだった。

二階が調理場であった。階段からゾロゾロと三人の客が下りてきたので、板前はびっくりして、「なんやね、あんたら。ここに入ってきたらあかんがな」と大きな声を出した。ちょうどそのとき、調理場と二階の客席部分との境目にある、カウンターのような窓越しに、二人の男が三階へ通じる階段を上がってゆくのが見えた。

和泉は慌てて人差指を唇に当てた。

一階に下りると、和泉は二人の男が通ってきたばかりの参道へ走って、三軒目の土産物屋に飛び込んだ。麻子は女性の手を引いて、和泉に続いた。和泉夫婦は息をはずませているけれど、若いだけに、女性は平気な顔をしている。

この店のおばさんも、レストランのと似たり寄ったりの年配で、塩辛声で「いらっしゃい、サザエが焼けてまっせ」と言った。

和泉は女性を狭い店の奥に押し込んでおいて、外の様子を窺った。レストランから飛び出した二人の男は、背伸びをするようにして車の方角を眺め、それから町のほうへ走って行った。よもや、すでに調べ終えた参道脇の店に潜んでいるとは、思わなかったに違いない。

とはいっても、女性の車があそこにある以上は、二人の男がこの付近を離れるはずがない。いずれはふたたび、この辺りを探しにやって来ると考えたほうがよさそうだ。

「和歌山県警に電話して、高島部長刑事を呼んでくれないか。もし不在だったら、誰でもいい。とにかくすぐに淡嶋神社に駆けつけるよう、伝えてくれ」

和泉は麻子に言った。自分でそうしたほうがいいのかもしれないが、その間に女性が逃げようとしたりする、不測の事態が起きないともかぎらなかった。

麻子は夫の口調にただならぬ気配を感じたのだろう、すぐに頷いて、土産物屋から少し離れたところにある公衆電話へ向かって走って行った。

店には古びたテーブルが二脚と、椅子が二脚、それとベンチ式の椅子が二脚あるだけだ。和泉は女性にいちばん奥まったところにある椅子を勧め、自分も彼女の向かい合いに坐った。

おばさんはテーブルの脇に立って、何も言わずに二人の客を等分に眺めている。さっき和泉が「和歌山県警」と言ったので、びっくりしたらしい。

「まだ名前、聞いていませんでしたね」

和泉は女性に笑いかけながら言って、「私は和泉という者です」と名乗った。

女性は物憂《ものう》そうに「マキです」と言った。「マキ」が「牧」あるいは「真木」という苗字なのか、それとも「真紀」というようなファーストネームなのか分からない。それを訊こうと思ったとき、おばさんが「何にします？」と言った。和泉は「サザエのつぼ焼き三つ」と、突慳貪《つっけんどん》に答えた。どうせ食べるつもりはないのだ。

しかし、「マキ」はサザエが運ばれてくると、じつに美味しそうに食べた。つられて和泉もつい手を出すことになった。すぐ前の海で獲《と》れたものだそうだ。おばさんが自慢するだけあって、たしかに美味《うま》い。しかし、のんびり味わっている場合ではないのであった。

まもなく麻子が戻って来た。

「高島さんはいなかったけど、ほかの人がすぐに来てくださるそうですよ」

ハアハア息を切らせて言った。

まんで話した。

「いったい何がどうしたの？」

麻子に訊かれたが、「マキ」の前で露骨なことは喋れない。和泉はそれとなく麻子の耳に口を近づけ、内緒話のようにして、これまでの経緯から推測できることを、かいつまんで話した。

「じゃあ、さっきのあの二人が殺人犯ていうこと？」

麻子は驚いて、店の外を窺った。

「町のほうへ行ったたから、しばらくは戻って来ないだろう。連中より警察が先に来てくれることを願うね」

「それはそうだけど……でも、マキさんにいったい、何があったのかしら？」

麻子は、まるで他人事《ひとごと》のようにサザエを黙々と嚙み締めている「マキ」を、つくづくと眺めて、溜め息をついた。

「マキ」のことは麻子に任せて、和泉は店先近くまで出て、外の様子に気を配った。和歌山市内からの距離は十キロあまりである。パトカーがサイレンを鳴らして来れば十分もあれば充分だろう。しかし、マイカーでやって来るとなると、どのくらいかかるものか、さっきの二人組が戻って来ないうちに到着してくれるかどうか、不安なことではあった。

十五分ほど経過したとき、黒い乗用車が駐車場の近くに停まった。中から二人の私服の男が降りて、周囲をキョロキョロと見回している。

来たな――と和泉はほっとして、店の前に出て、「こっちこっち」と手招きした。

二人の私服は顔を見合わせて、躊躇っている。電話が女性からのものだったので、男が呼ぶのを妙に思っているのかもしれない。和泉は麻子に「マキ」を連れて外に出るように言って、サザエの代金を払った。

三人が店から出ると、刑事はいっそう戸惑った様子を見せた。こっちの素性を怪しんでいるのかもしれない。まごまごしていると、暴力団員の二人がやって来るおそれがある。仕方がないので、こっちから歩いて行くことにした。

「遅かったですね」

まだ三十メートルも手前で、和泉は声をかけた。文句の一つも言わないと、気がすまない心境であった。

そのときになって、二人の刑事は意を決したように、小走りに近づいて来た。

「いやぁーっ……」

「マキ」がとつぜん、奇声を発した。麻子に摑まれている腕をはずすと、身をひるがえすようにして逃げた。

「あっ、待って！」

麻子が叫び、和泉が追い掛けようとするより早く、二人の刑事が「マキ」に追いすがった。ちょうど赤い鳥居のところで、「マキ」は男に捕まった。左右から刑事に腕を摑まれ、引きずられるようにして黒い車へ向かって行く。これではまるで、警察に逮捕される容疑者みたいなものだ。

「違う違う！……」

和泉は叫んで、二人の刑事の行く手を遮った。刑事が何か、「マキ」のことを勘違いして、受け取ったのだと思った。

刑事は黙って、和泉を尻目に自分たちの車に「マキ」を連れ込んだ。

「しようがないな……」

警察の強引さには、和泉は多少は理解を持っている。連中は上から命令されたことを、金科玉条のごとくに、忠実に履行しないと気がすまない習性がある。

和泉は麻子に、「マキ」と彼女を押し込んだ刑事のあとから後部座席に乗り込むよう促し、自分は助手席のドアを開けた。

「待たんかい」

運転手役の刑事が和泉夫婦を制止した。

和泉は麻子と顔を見合わせた。何か様子が違うものを、ようやく感じた。その点は刑事の側も同じだったらしい。二人は運転席と後部座席から、それぞれ身を乗り出し、額を合わせるようにして、何ごとか囁き交わしている。「どうする」とか、「しょうないやろ」といった、関西弁のやりとりが聞こえた。

（まずい——）

和泉は麻子に目で合図して、助手席のドアを離れ、後部座席に押し込められた恰好の「マキ」を、何とか外に引っ張り出そうと試みた。

「何するんや！」

運転席の刑事——いや、刑事らしき男の一人が車から飛び出すと、ジャケットの内ポケットに手を突っ込んで、和泉に迫った。

「おい、車に乗らんかい」

男は和泉の腕を摑み、体を寄せると、内ポケットに隠した硬い物体を、和泉の背中にゴツゴツぶつけた。明らかに拳銃である。この連中のことだ、その気になったら、ほんとうにぶっ放しかねないのは、タクシー運転手の例で実証ずみだ。

和泉は観念して、脅えた目で、車にもたれ腰が抜けそうな恰好をしている麻子に、肩をすくめてみせた。

三人の「客」は前後の座席に分かれて坐らせられた。運転の男に代わって、後部座席の男が拳銃を構えることになった。

　車が走りだしたとき、最前の二人のヤクザふうの男が引き返して来た。和泉はこの二人の仲間がさらに増えたと思ったが、車は停まる気配を見せず、ヤクザふうの二人組を尻目に、海岸沿いの道路を疾走した。

　あっちの二人のほうが、こっちの二人よりはるかにヤクザふうだが、本物のヤクザなのかどうか、和泉はすっかり自信を喪失してしまった。少なくとも、和歌山県警の刑事と信じた相手が、とんだ見込み違いだったことだけはたしかのようだ。

10

　加太の町を出外れたところで、パトカーと擦れ違った。あれが本物の県警からの車なのかもしれない。だとしたら、ずいぶんゆっくりしたものである。

「何をやっているんだか……」

　和泉は思わず舌打ちをした。

「なにっ？」と、後ろの男が怒鳴った。

「いや、あんたたちに、わざわざマキさんを差し出すなんて、間が抜けた話だと言ったのですよ」

「ははは、まったくやな」

男は小気味よさそうに笑った。

「おい、笑っとらんで、そのバッグの中身、確かめてみろや」

運転の男がじれったそうに言った。後ろの男が「ああ」と応じて、後部座席に載せてある和泉のボストンバッグを引き寄せ、ファスナーを開けた。

「なんや、これ？」

「それは僕の着替えと下着と洗顔用具と薬類ですよ。下着や靴下は洗っていないものもありますから、あまり触らないほうがいいんじゃないかな」

「あほっ……」

男は慌ててファスナーを閉め、麻子のバッグをひったくった。しかし、そっちのほうがさらに惨憺《さんたん》たる結果であった。麻子本人が目を覆いたくなるような中身だ。

「やめなさいよ、そんなものを見るのは！」

麻子は本気で怒って、恐怖も忘れ、男の手からバッグを取り戻した。

「おい、あかん、これは違うで」

後ろの男は前の男に言った。とたんに車は乱暴にブレーキをかけて、停まった。

「違うって、そしたらブツはどこにあるんや？」

運転の男は引きつったような顔を振り向けて、怒鳴った。後ろの男は茫然として、

「知らんがな。奥さんは何も持ってへんかったしな」とぼやくように言った。

（なるほど――）と、二人の会話で、和泉は多少、状況を把握できた。連中はおそらく、

「マキ」が拐帯《かいたい》して逃げていた麻薬か貴金属を追っているのだ。それにしても、「マキ」

のことを「奥さん」と呼んだのには、いったいどういう意味があるのだろう？　まさか
運転の男の夫人であるとは思えないが……。

「おい、おまえ、ブツはどこや？」

運転の男が和泉に訊いた。

「知りませんよ、そんなもの」

「隠したら、ためにならんぞ」

「隠すはずがないでしょう。僕たちはあんた方が味方だとばかり思い込んでいたのです
からね」

「そうやな……」

相手も、それは認めないわけにいかなかったようだ。

「そやけど、おまえら、奥さん……この女とどういう関係や？」

「知り合いです」

「知り合いは分かっとるがな。どういう知り合いか訊いとるんや」

「それより、あなた方とマキさんとはどういう知り合いなのか、それをまず、聞かせてくれませんか」

「マキさんて……そうや、あんた、名前まで知っとってから……」

男は警戒の色をいっそう濃くしたが、しかし「マキ」の名前を知っていることで、いくぶん敬意を抱いたように、和泉を呼ぶのに「おまえ」が「あんた」に昇格した。

「それやったら、ほんまはブツの在りかを知っとるんやろ？　どこへ隠したか、教えてくれんかな」

懇願口調を加味して、言った。

「僕なんかに訊くより、マキさん本人に訊いたらいかがです？　そのほうが手っ取り早いでしょう」

「そら、あかん。あんたかて知っとるやろ。奥さんはイカレてしもうとる」

頭の横で、掌《てのひら》を微妙にひらめかせた。さっきからずっと、「マキ」に対して話しかけようとしないのは、最初から質問しても無駄であることを承知しているからなのだ。

「いったい、マキさんに何があったのですか？」と、和泉はできるだけ怖い顔を作って、言った。二人の男はたがいに視線を交わしたが、黙っている。

「あなたたちは、マキさんの赤ちゃんに、何をしたのですか？」

和泉がそう言ってさらに追及すると、とたんに、男は二人とも狼狽《ろうばい》して、手を振った。

「いや、わしらは何もしてへんがな。おかしなことを言うてもろたら困るがな」

運転の男が言い、もう一人も「そうや、そうや」と強調した。

そのとき、「マキ」がおかしそうに笑い出した。笑いながら、「カズちゃん、流れてしまうんよ」と言った。

「ちゃんと神さまに納めたよって、流れて、龍神さんに連れて行かれてしまうんよ。カズちゃん泣かへんけど、龍神さんに連れて行かれてしまうんよ」

「マキ」を除く敵味方の四人が、交互に顔を見合わせた。

「何や、いまのは？」と、運転の男が相棒に訊いた。

「龍神さんが連れて行くとか言うてはったが、まさか龍神温泉に置いてきたんと違うやろか？」

「違うやろ。もし置いてきたのやったら、宿に電話したときに、宿の者が何ぞ言いそうなもんや」

「それもそうやな……あっ、そうか、車とちがうか」

運転の男が思いついたのに、後ろの男は「まさか」と否定した。

「ブツを車に置きっぱなしにはせんやろ」

「しかし、奥さんはふつうやないしな」

「そうか、それもそうやな」

二人の男は、うんざりしたような目で「マキ」を眺めた。彼らの感覚からすると、ブツを手元から離して、車なんかに置き去りにする発想は、基本的にあってはならないことなのだろう。しかし彼女に関するかぎりは、常識はずれの行為があっても仕方がない——という結論で、二人の男は意見の一致を見たらしい。

「車、どこやね?」

後ろの男が和泉に訊いた。

「さっきのところですよ。駐車場があったでしょう、あそこです」

和泉は隠してもしようがないので、教えてやった。

「嘘やろ」と男は疑わしい目をした。

「あそこに車があるのやったら、なんでこっちの車に来たんや?」

「それはもちろん、マキさんの運転じゃ危険だと思ったからですよ」

男は和泉の失策を笑うのか、それとも自分たちの手抜かりを笑うのか、「ふん」と鼻を鳴らした。

「どないする、パトカーが行きおったけど」

相棒に相談した。後ろの男は「行くよりしょうがないやろ」と言った。和泉も心の中で「行け行け」と煽《あお》った。

時刻は五時を回っていた。西に突き出た岬である。陽が沈むまではまだ時間があるけれど、早く車を確かめに行ったほうがいいのか、暗くなるのを待ったほうがいいのか、二人の男は思案に窮している様子だ。

「あの駐車場、何時までだったかな?」

和泉は麻子に小声で訊いた。麻子はもちろん、和泉だって、駐車場に行ったわけでもないし、そんなことは知らない。麻子は一瞬、「えっ?」と戸惑ったが、すぐに了解して、「たしか六時までじゃなかったかしら」と応じた。

「まずいやんか」と、運転の男が舌打ちをした。不審な車――と、中を調べられでもしたら具合が悪いに違いない。

しばらくのあいだ、苛立《いらだ》たしそうに貧乏揺すりをしてから、腹を決めたらしく、「よっしゃ、行こうか」と、アクセルを踏み、ハンドルを切った。

11

淡嶋神社のかなり手前で車を停めた。古い町の海側に防潮堤と一緒に作ったようなバイパスがある。そこの、道路幅がもっともふくらんだところだ。その外側は漁港で、三十隻あまりの漁船が、夕凪《ゆうなぎ》の穏やかな海に、ひっそりと船縁《ふなべり》を寄せあっていた。

「おまえ、見てこいや」と運転の男が前を見たままの姿勢で言った。

「奥さんの車、分かるやろ?」

「ああ、分かっとる。そしたら、キー、貸してもらおうか」

手を出したが、「マキ」は首を横に振った。そのときになってはじめて、男は「マキ」がバッグらしき物は、ポシェットさえも持っていないことに気づいた。

「ん? 誰が持っとるんや。あんたか?」

訊かれて、和泉は苦笑した。

「いや、僕らは車を運転しませんよ」

「そしたら、どこや?」

男は狼狽した。

「まさか、車、ロックしてへんのやないやろな」

「そのまさかかもしれへんぞ」

運転の男が引きつったような顔を振り向けて、「とにかく、はよ行ってみんかい」と怒鳴った。後ろの男はドアを蹴飛ばすようにして走り去った。

和泉は麻子に目配せをした。拳銃を持った男がいなくなれば、恐れることはない。麻子も頷いて、二人同時にドアを開けた。いや、三人——というべきであった。「マキ」のほうがむしろ早いくらいのタイミングで男がいなくなった側のドアを開け、外に出た。

「あっ、こら、どこへ行くんや！」

運転の男は悲鳴のように怒鳴った。その声を無視して三人は走った。「マキ」が先頭を切って走る。若いだけに和泉夫婦はどんどん置いてけぼりを食いそうな速さだ。すでに姿は見えないが、前を行く男を追い掛けてでもいるかのような、疾走ぶりであった。長い髪が風になびき、スカートの裾を翻《ひるがえ》して、それこそ狂気にかられたとしか思えない。

「ねえ、これから、どうなるの？」

息を切らせながら、麻子は訊いた。

「とにかく、彼女を抑えるしかないだろう。それに、心配なのはブツのほうだ」

和泉は足の運びが鈍って、諦《あきら》めて歩きだした。麻子もそれに倣った。

「ブツって、麻薬のことなんでしょう？　車の中にあるのかしら？　だったら、もう取り返せないわよ。警察に任せたほうがいいんじゃないの？」

「いや、ブツは車の中じゃなくて、あれがそうだったと思うよ。ほら、彼女が奉納した人形みたいなやつ」

「あっ、そうなの、あれなの？」

「いや、はっきりそうとは言えないが。しかし、もしそうだとすると、焼却されるおそれがある。麻薬だったら、燃えてしまうのは構わないが、ひょっとして有毒ガスが発生しないともかぎらないからね」

息を「ぜいぜい」させながら、途切れ途切れに喋った。奉納された人形の焼却は毎日やるものか、何時ごろに焼くものかは知らないが、それだけに心配なことではある。

ようやく鳥居のところまで辿り着いたとき、後ろから猛烈な勢いで運転の男が走り抜いて行った。よほどブツのことが気にかかるのか、和泉夫婦の存在になど、目もくれようとしないで突っ走った。

三軒目の、和泉たちがサザエを食べた土産物屋にさしかかったとき、中から二人の男が顔を出した。例の、見るからにヤクザふうの男たちだ。店の前に出て、走り去った男の方角を眺めている。

「あっ、このお客さんですがな」

店のおばさんが現れ、和泉夫婦を指差して、大きな声で言った。

「ん？」と、二人はこっちに視線を向けて、近寄って来た。一人が胸のポケットに手を突っ込んで警察手帳を出した。和泉は驚いた。この二人が刑事だったとは——。近頃はヤクザと刑事の見分けもつかなくなってきたらしい。

「おたくさんたちは、倉田《くらた》さんの知り合いですか？」

刑事は訊いた。

「倉田さん、というと？」

「とぼけてもらったらこまるな。おたくさんたちが一緒にいたのは、この店の人に聞いて分かっているんやから」

「ああ、あの女性が倉田さんですか。それじゃ、倉田マキさんというのかな？　マキさんとだけ承知していましたが」

「そうです、倉田マキさん。それで、彼女はいまどこにいますか？」

「あっ、そうだ。それだったら急いでください。彼女は危険な状態にあるんだから。向こうです。いまここを走って行った男、あれが暴力団員か何かで、しかも殺人を犯しているらしい」

「殺人？」

「そうですよ、拳銃も所持している。あいつに捕まらないうちに早く！」

和泉自身、そう言いながら、ふたたび走りだした。麻子もついてくる。二人の刑事は逡巡しながら、それでも和泉の剣幕に煽られて勢いよく走りだした。

暮れなずむ境内には、参拝者の姿はなかった。社殿の周囲は閑散として、地面を覆う人形たちがいっそう不気味な感じである。社殿の右手に、後から追い掛けて行った男が佇み、辺りの様子を窺っている。倉田マキと最初に走った男の姿は見えなかった。

「あの男です」と和泉は指差した。

「彼は目下、拳銃を持っていません」

その言葉に安心して、二人の刑事は男に近寄って行った。男は気配に気づいて振り返ったが、そのままの恰好で相手の近づくのを待った。ひょっとすると、和泉たちと同じで、同業者かと錯覚したのかもしれない。刑事に手帳を示されて、はじめてギョッとなったが、結局、逃げはしなかった。

刑事は男に何か訊問《じんもん》を始めた様子だ。

「何をモタモタしているんだ。そんな悠長なことより、早く彼女を保護しないと……」

和泉は焦った。考えてみると、刑事はほかにもう一人、犯人の仲間がいることを知らないのだ。

「まずいな」

和泉が刑事にそのことを告げようと、一歩歩きだしかけたとき、社殿の左から男が現れた。車の後ろにいたあの男だ。腕に何やら包みのようなものを抱いている。どうやら倉田マキが奉納した物体らしい。

「遅かったか……」

和泉はその物体を、おそらくは暴力で奪われたのであろう、倉田マキの状態を慮《おもんぱか》って、絶望的な声を出した。

「あの人、変だわ」

麻子が言った。たしかに、男の様子はふつうではなかった。まるで酔っぱらいか夢遊病者のように、あぶなっかしい足取りである。相棒と二人の刑事もその男に気づいた。五人の人間が見守る中で、男はユラユラと漂流するクラゲのように歩いて、社殿の正面、和泉夫婦のすぐ目の前でつんのめって、顔面から倒れ伏した。

「あっ」と叫んだのは、刑事に捕まっている男だった。走り寄って、倒れた相棒を抱き起こした。相棒の男の顔からは、いまのショックで怪我をしたのか、血が流れ出していた。いや、後頭部からも、はじけたように出血している。しかし、まだ死んではいなかった。虫の息だが、たしかに生きている。刑事の一人が「救急車、呼んできます」と走って行った。

その方角から、また二人の男が駆けてくるのが見えた。その顔に和泉は見憶えがあった。高島部長刑事とその部下である。

高島は和泉に、「出先で連絡を受けたもんで」と言い訳がましく言いながら、負傷した男を見下ろし、驚いて、もう一人の、怪我人を抱いている男に「おまえが殺《や》ったんか?」と詰め寄った。

「いや、この男は自分らが確保していましたので」

ヤクザふうの刑事が保証した。

そのとき、社殿の左手から、倉田マキが現れた。しずしずと、結婚式の巫女《みこ》のような歩き方だが、足取りはしっかりしている。異様なのは、右手にビクターの犬の人形をぶら下げていることだ。二十体ばかりあったうちの、大型のものらしい。陶器だから、かなりの重量があるのだろう。腕と一直線にダランと下げて、ゆっくりと歩いて来る。

「またやってしもうたんかいな……」

運転の男が、近づくマキの顔を見上げて、悲痛な声で言った。

「これで四人目や」

「えっ？」と、和泉は男の言った意味に、恐ろしい連想が走った。

「四人目って、まさか、虎ヶ峰峠のタクシー運転手も？……」

「そうらしいのですな」

高島が憂鬱そうに言った。

部下の刑事がマキの前に立ちはだかって、犬の人形を取り上げ、両手に手錠をかけた。マキはまったく無抵抗で、刑事に腕を摑まれるまま、鳥居の方角へ歩きだした。

それからまず野次馬が集まって、少し遅れて救急車、さらに遅れて応援の警察官がドッと押し寄せてきた。そうなってようやく、和泉夫婦と暴力団ふうの男たちは、現場から解放された。ただし、和泉夫婦と元気なほうのヤクザは警察へ、瀕死《ひんし》の男は病院へと搬送されることになった。

「倉田マキは堅気の出ですが、彼女の亭主は、名古屋の暴力団の幹部でしてね」と、和歌山署の取調室で高島は話してくれた。

「麻薬関係では組の責任者格だったのです。それで、自宅にもヤクを隠しておったのだが、妻のマキには何かのクスリであると言っていた。それを真に受けて、マキは自分のコーヒーと赤ん坊のミルクに、少しずつヤクを混ぜて飲んでいたらしい」

「まあっ……」

麻子が眉をひそめた。

「あるとき、赤ん坊の様子がおかしいのに気づいた亭主が、彼女を問い詰め、事実を知って、驚いて赤ん坊を病院へ連れて行ったのだが、すでに手遅れで、その日のうちに死んでしまったのです。それを、マキは赤ん坊を奪われたと勘違いしたのか、亭主を後ろから殴って殺しちまったのです。もちろん、その時点ではマキは精神に異常をきたしていて、どうにもならなくなっていたようです。しかも、困ったことに、マキは亭主がヤクを隠しておいた大きなぬいぐるみの人形を赤ん坊と錯覚してましてね、それを取りに来た組の人間を亭主のときと同様に殴り殺して、ヤクを持って逃げ出したのです」

「しかし、タクシーの運転手さんはどうして殺したりしたのですか?」

和泉は訊いた。

「あれはアクシデントみたいなものでしょうな。あれからさらに詳しくテープの録音を分析した結果、運転手の相手は女性である可能性が強くなった。そして、倉田マキが龍神温泉の宿に到着した時刻などから推測すると、どうやら、彼女は道に迷って、一時、虎ヶ峰峠の方角に戻ってしまったらしいのです。そしてタクシーに道を尋ねたところ、運転手は親切にも車を降りて、彼女の車に近づいたもようです。そこまではどうにかこうにか、判断ができたそうです」

「だったら、何も殺される理由はないじゃないですか」

「うーん……たしかにそのとおりですな。われわれにもどうもよく分からないのだが、おそらく運転手は車の中にあるぬいぐるみの人形を見て、何か言ったのじゃないですかね。それを本物の赤ん坊のように扱っているマキを、笑うようなことだったかもしれないし、ひょっとすると、ドアを開けて、触ろうとしたのかもしれない。それでマキは赤ん坊を守ろうとして……まあ、ヤクに脳をやられていたとはいえ、まるで子持ちの猛獣のようなものですなあ」

高島部長刑事は、いたましそうに、しきりに首を振って言った。

「しかし、彼女は、ぬいぐるみの人形を捨てるときには、いとも無造作に放り投げたように見えましたがねえ」

「ふーん、そうでしたか。そういう切替えみたいなことは、どうなっているのですか、自分には分かりませんが。とにかく、ぬいぐるみの人形はひた隠しにしておって、人形に近づく者には、異常なほどの警戒心を持っておったようですよ。つまり、生かしておけないというくらいにね」

高島の言うのを聞きながら、和泉は首筋にひんやりするものを感じた。龍神温泉の露天風呂で、ものすごい剣幕で睨《にら》みつけた、まさに龍神のような眸《ひとみ》がありありと蘇った。

解説

山前《やままえ》 譲《ゆずる》
（推理小説研究家）

意外な展開とか驚きの真相といった惹句《じゃっく》はミステリーならではのものだろうが、一九九〇年から翌年にかけて「別冊婦人公論」に発表された三作、「還らざる柩《ひつぎ》」、「鯨の哭《な》く海」、「龍神の女《ひと》」を収録して二〇二一年三月に光文社から刊行されたこの『南紀殺人事件』は、別の意味で意外性と驚きを味わえる。

いずれも和泉教授とその妻の麻子を主人公にしたもので、タイトルにあるようにいずれも紀伊半島の南部が舞台だ。最初の「還らざる柩」では和泉が、高校時代からの友人で、同じ大学の教授である松岡から相談を受けている。なんでも学生たちが補陀落渡海《ふだらくとかい》を再現しようとしているというのだ。補陀落とはいわば宗教的なユートピアで、それを目指して小舟の柩に納まり海へ乗り出すのである。松岡はやめたほうがいいと勧告したのだが……。

内田作品の愛読者ならこの発端に既視感を抱くに違いない。そう、これは浅見光彦シリーズ『熊野古道殺人事件』の第一章とほぼ同じなのだ。ただ、そこで松岡教授から相談を受けているのは、軽井沢に住む推理作家の内田康夫である。そしてなんと彼は、浅見光彦の運転するソアラに乗って、和歌山へと旅立つのだ。このあたり執筆事情については のちほど紹介することとして、まずは本書の探偵役である和泉夫妻である。

初めて内田作品に登場したのは一九八九年一月刊の『湯布院殺人事件』だった。光文社文庫の『浅見光彦のミステリー紀行　番外編2　ミステリーへの熱き想い』で、〝日本テレビとJRとのタイアップ企画に合わせて、テレビドラマ化する前提で書かれたものだ。ノベルス初版本の帯には「フルムーン旅情ミステリー」という惹句があることからも、それが分かる〟と執筆の事情が明らかにされている。その帯にはドラマで主演した二谷《にたに》英明《ひであき》、白川《しらかわ》由美《ゆみ》夫妻のツーショットもあった。そして一九八九年九月十九日、この長編は火曜サスペンス劇場枠で放映されている。

思うところあってT大学の和泉直人教授が学長に辞表を叩きつけた。その送別会で和泉夫妻にプレゼントがあった。七日間用のフルムーン夫婦グリーンパスと、ギフト旅行券である。かくしてふたりは九州へと旅立つのだが、行きの東海道新幹線の車中でとんでもないことに巻き込まれ、まずは由布院温泉を訪れることになるのだった。

和泉が法学部教授という設定がキーポイントで、教え子が法曹関係や警察関係にたくさんいるようだ。浅見光彦シリーズの浅見陽一郎警察庁刑事局長と同じように、その人脈が謎解きに生かされていく。麻子は和泉の恩師の娘である。『湯布院殺人事件』では〝笑うとえくぼができ、唇が形よく開いて、真っ白な歯が覗くのが可愛い。宝塚《たからづか》の男役のように短めにした髪のせいか、いくつになっても少女のような幼さを失わない〟と紹介されていた。

フルムーン夫婦グリーンパスが最初に発売されたのは国鉄時代の一九八一年である。年齢の合計が八十八歳以上の夫婦が対象で、新幹線や特急のグリーン車が乗り放題となり、五日間、七日間、十二日間と利用期間に三パターンあった。寝台車のB寝台も利用できた。国鉄が民営化されたあとも引き続き発売される。新たな新幹線の開通や第三セクターの路線が増えて利用方法は複雑になったが、いずれにしてもお得であることは間違いない。二谷英明・白川由美夫妻は一九八八年からその企画切符のCMに出演していた。

ところが二〇二二年、フルムーン夫婦グリーンパスは発売されなかった。どうやら事実上の廃止のようである。売り上げが落ち込んだとか社会情勢の変化を鑑《かんが》みてとのことだが、残念に思っている人は多いだろう。たしかに比喩としてのフルムーンは最近ちょっと目にしないが……。そのフルムーン夫婦グリーンパスが全盛期とも言える時代の、九州の名湯が『湯布院殺人事件』で描かれていた。

　そしてわずか八か月後、第二長編の『釧路湿原殺人事件』が刊行されている。そこには娘の娘の郷子《きようこ》が結婚した。ところが披露宴から夫妻が自宅に帰ってみると、そこには娘の姿が！　釧路湿原国立公園管理者をしている夫の友利恵一《ともりけいいち》のところに、釧路湿原で自殺者が出たと連絡が入ったらしい。ハネムーンは九州に行くはずだったが、友利は北海道に変更すると言い出した。憤慨した郷子は同行しなかったのだ。相談を受けているうちに三人が北海道に向うことになって和泉夫妻のミステリーは開幕する。残念ながらこちらはドラマ化されていない。三人が北海道まで航空路を利用しているせいだろうか。

　そしてシリーズ三冊目として企画されたのが本書である。「南紀ミステリー紀行」と銘打たれて雑誌掲載された。「紀伊山地の霊場と参詣道」が世界遺産に登録されたのは二〇〇四年だが、神話の時代から神々が鎮まる特別な地域と考えられていたのが紀伊山地だ。「熊野三山」、「高野山」、「吉野・大峯」の三つの霊場とそこに至る「参詣道」がある。

　一方で南紀には、有馬・道後と並んで日本三古湯のひとつに挙げられている白浜温泉があり、温暖な気候と海の幸が観光客を招いているのだ。本書収録の三作には神秘的な雰囲気と人気行楽地の魅力が織り込まれている。

ところが、二〇〇三年十月に刊行された『龍神の女　内田康夫と5人の名探偵』に「龍神の女」だけは収録されたが、和泉夫妻シリーズとして書かれたこの三作が一冊にまとめられることは、〝没後三年　特別出版〟と銘打たれたこの『南紀殺人事件』までなかったのである。したがって内田作品でお馴染みの「自作解説」が書かれることは叶《かな》わなかったのだが、そのへんの事情は『熊野古道殺人事件』の文庫版に付された「自作解説」で語られている。そろそろ短編の創作に限界を感じていて、〝僕はこの作品の出版はやめてくれるように頼みました。それほどに気に入らなかったのでしょう〟としたあとこう記している。

といっても、それでは、わがままな作家はいいが出版社は困るわけです。いや、作家だってほんとうは困る。そこで、当時ノベルズ担当の編集者だった新名新氏《にいなしん》と知恵を搾《しぼ》ったあげく、「そうだ、三本をまとめて浅見シリーズの長篇作品にしよう」と決めました。

しかし、実際は「三本まとめて」というわけにはいきませんでした。両方を読み較べると分かるのですが、三本のうちの「鯨の哭く海」はまったく使われていません。

では「鯨の哭く海」はどうなったのか。二〇〇三年二月に刊行された同題の浅見シリーズの、文庫版の「自作解説」にはこう書かれている。

さて、継子《まま こ》扱いされた『鯨の哭く海』はその後も長いこと陽《ひ》の当たらぬままだった。ただし、小説としては気に入らなかったとはいっても、鯨をモチーフにしたアイデアそのものは悪くなかったのだ。こと捕鯨禁止問題は、僕の得意な分野である社会派ミステリーのテーマとして捨て難いものがあった。ちょうどその頃、祥伝社で長編ミステリーを書き下ろす時期にあったことから、担当編集者の辻浩明氏にその話をしたのがきっかけで、短編『鯨の哭く海』の長編化を進めることが決定した。

まさに意外な展開かつ驚きの結末ではないだろうか。

半島とは三方位が水に接している陸地のことだというが、四方を海に囲まれた日本にいったい半島はいくつあるのか——残念ながらそれを明確にした資料は見当たらなかった。ただし紀伊半島が日本で最大の半島であることは間違いない。

日本各地を舞台としていた内田作品だけに、半島絡みの事件は少なくない。とても網羅したとは言えないけれど、作例を挙げてみよう。

夏泊半島〈夏泊殺人岬〉と下北半島〈恐山殺人事件〉、そして津軽半島〈津軽殺人事件〉と青森県は半島ものとして注目したい地域だ。千葉県の房総半島〈日蓮伝説殺人事件／贄門島〉では伝奇性の濃厚なストーリーが展開されていた。神奈川県の三浦半島〈シーラカンス殺人事件〉はちょっと異色作だろうか。

内田氏は網代に仕事場を構えた時期もあったが、静岡県の伊豆半島〈本因坊殺人事件／天城峠殺人事件／喪われた道／「紫の女《ひと》」殺人事件〉もお馴染みの半島だ。愛知県の渥美半島と知多半島〈三州吉良殺人事件〉、三重県の志摩半島〈志摩半島殺人事件〉は風光明媚な半島である。

福井県の敦賀半島〈若狭殺人事件〉、広島県の沼隈半島〈鞆の浦殺人事件〉、香川県の荘内半島〈讃岐路殺人事件〉、佐賀県の東松浦半島〈佐用姫伝説殺人事件〉などは食の話題も織り込まれている。半島には漁港が多く、観光客の食欲を大いにそそるのだ。

短編を長編化することは別に珍しいことではないけれど、『南紀殺人事件』の三作はかなり変則的だろう。短編と長編を読み比べる楽しみもある。紀伊半島の旅情はもちろんたっぷりだ。内田康夫氏の読者にとってさまざまな形で楽しめるのが本書である。

二〇二一年三月　光文社刊

〔初出一覧〕

「還らざる柩」　初出＝「別冊婦人公論」一九九〇年春号
「鯨の哭く海」　初出＝「別冊婦人公論」一九九〇年秋号
「龍神の女」　初出＝「別冊婦人公論」一九九一年春号
収録書籍＝『龍神の女　内田康夫と5人の名探偵』
二〇〇三年十月　実業之日本社　ＪＯＹ　ＮＯＶＥＬＳ
（※発行所：有楽出版社／発売所：実業之日本社）
二〇〇七年二月　中央公論新社　中公文庫
二〇一〇年六月　祥伝社　祥伝社文庫
二〇一七年十月　徳間書店　徳間文庫

※「還らざる柩」と「龍神の女」は、二作を合体し、大幅に手直しが加えられ、浅見光彦シリーズ長編作品『熊野古道殺人事件』として、一九九一年十一月に出版されました。また、「鯨の哭く海」も大幅に加筆・修正され、浅見光彦シリーズの長編作品『鯨の哭く海』として二〇〇一年四月に出版されました。

内田康夫財団

〈企画協力〉　内田康夫財団

※本文中に「女ごときに追い抜かれた」「近頃の女は男みたいな運転をしくさる」など、性差や性別に関する固定観念や偏見に基づく記述が使用されています。
また、登場人物が常軌を逸した行動をとる様子や、正常な判断ができない状態にあることとの比喩として「『狂気が』彼女の頭脳を覆ってしまった」「夢遊病者のように」「精神に異常をきたしていて」「ヤクに脳をやられていたとはいえ、まるで子持ちの猛獣のようなもの」など精神障害や特定の疾患、薬物依存症に対する誤解や偏見に基づく、今日の観点からは使用を控えるべき不適切な表現も用いられています。
しかしながら編集部では、一九九〇〜九一年に成立した物語の時代背景および作品の持つ文学的価値と、著者がすでに故人であることを考慮した上で、これらの表現についても底本のままとしました。それが今日ある人権侵害や差別問題を考える手がかりになり、ひいては作品の歴史的・文学的価値を尊重することにつながると判断したものです。差別の助長を意図するものではないことをご理解ください。

【編集部】

光文社文庫

南紀殺人事件《なんきさつじんじけん》

著　者　内田康夫《うちだやすお》

2024年4月20日　初版1刷発行

発行者　三宅貴久
印　刷　堀内印刷
製　本　ナショナル製本

発行所　株式会社　光文社
〒112-8011　東京都文京区音羽1-16-6
電話　(03)5395-8147　編集部
8116　書籍販売部
8125　制作部

ISBN978-4-334-10273-9　Printed in Japan

組版　萩原印刷